ハヤカワ文庫JA
〈JA1200〉

ヨハネスブルグの天使たち

宮内悠介

早川書房
7614

City in Plague Time
by
Yusuke Miyauchi
2013

目次

ヨハネスブルグの天使たち

ヨハネスブルグの天使たち

City in Plague Time

1

空爆の音に負けじと、DJが曲のテンポを上げた。熱狂が増し、世の見納めとばかりに男と女が、黒人が、白人が、踊り、折り重なっては叫びを上げ、新たな爆撃がそれに拍車をかける。リズムなどあったものじゃない。誰もが、音楽のある場所にいたいだけだ。酔った仲間らが、大人ぶって女たちにハグして回る。それを横目にスティーブは注文した。

「玉蜀黍酒(ソルガム・ビア)」

無言で、ランド札と引き替えにジョッキが置かれる。

目を上げると、ウエイターは目も合わせずにグラスを拭いていた。誰かが背にぶつかってきた。泥酔し、よろめいた白人女だった。女は千鳥足でフロアへ戻っていく。

罵倒が喉元まで出かかったが、客同士で揉めるのは得策じゃない。悪ガキにも飲ませてくれる酒場(シビーン)は少ないのだ。かわりに、ウエイターに苛立ちをぶつける。

「もっと愛想良くしたらどうなんだ」

「……その金がどこから来たか、皆、わかってるんだぞ」

「なら、あんたが雇ってくれるってのか」

――内戦以降、スラムの結束はいっそう強まった。

行政も警察もアテにできないから、皆で助けあおうというわけだ。おかげで殺人も、肌の色による差別も減った。といって仕事があるでもない。気分はまるで酸欠の魚だ。ことあるごとに彼はこぼした。こんな行政ごっこ、いったいなんだってんだ。

スティーブの携帯端末がアラートの配信を受けた。

画面の地図上を、南軍のジープが接近していた。このアプリはンコボが作ったものだ。仕組みは、街中心のマディバ・タワーをはじめ各地に設置されたカメラを通じ、サーバーが画像処理を行い、南軍や北軍が接近した際は座標を知らせてくる。――逃げる？　その逆だ。スティーブは仲間二人に目配せをする。二人とも同じ通知を受け、すでに準備に入っていた。ウエイターがぼそりと言った。

「おっ死んじまえ」

それが本音でないことをスティーブは知っている。同時に嘘でないことも。ただの無関心、挨拶のようなものだ。温いビールの残りをあおった。ドアを抜ける瞬間、自家発電機の燃料が鼻をついた。後ろで、誰かがひときわ高い叫び声を上げた。

千切りにされた曲のトラックに、泥臭い労働歌（ムブベ）の合唱が乗り、ビートのモアレを描いては揺れ、数小節に一度だけ重なり合う。いま流行っている音楽、ニュー・クワイト。それが低音部のみを残して遠ざかり、やがてヨハネスブルグの闇に溶けた。

舗装の剝げた道を、スティーブたちは早足に踏み進む。

南軍の車がここまで来る目的は一つ。女だ。

オープンジープがキャロライン通りの娼館で停まった。ンコボの作ったソフトはいつでも正確だ。ジープを降りた兵士の一人が店に入り、残った一人が見張りに立つ。見張りは中国系の有色人種（カラード）だ。スティーブたちの姿を見て、反射的に銃に手をかけ、それからすぐに顔を綻ばせた。坊や、キャンディはないんだよ。

その背後から仲間が忍び寄り、見張りの延髄を撃ち抜いた。

もう一人が手際よく車を奪って、エンジンをふかす。

「急げ！」

音を聞きつけて、半裸の黒人兵が店から飛び出してきた。

それを無視して、スティーブは助手席に飛び乗った。返せ！　と男が叫び声を上げる。

反射的に、後部座席の仲間が銃を向けた。だが、相手は丸腰だ。突き出された銃をスティーブは押さえた。同時に、相手の男も手を上げる。

「畜生、ガキどもめ……」

車が出た。

バックミラーに映る兵士はしばらく呆然と立ち尽くしていたが、充分に距離が離れたところで、おまえらも黒人だろ！　と声を振り絞ってきた。つづけて、いつもの四文字言葉。後ろの席で仲間がぼやく。何が同じ黒人だ、と。

「その黒人は、内戦をするために自由を取り戻したんだよ」

――発端は、北部がズールー族を中心に連合したこと。

部族間の抗争を止めることが目的だった。ところが、これに対抗して南部も連合。結局は、よりひどい紛争に発展した。もう、どちらの側にも大義はない。だから市民の本音は一つ。どっちが勝ってもいい、早く終われ。

だが、その大義のない戦争につけこんで、義賊気取りで軍人を襲い口に糊している自分らはなんなのか。苛立つことばかりだ。スティーブは舌打ちをして振り向いた。

「知ったふうなことを言うな」

「なんだと？」

すかさず後部座席から手が伸び、襟首をつかまれた。

「俺が何を言ったって？」

声変わりしたばかりの、瑞々しい、それでいて夜闇のような威嚇。かすかにアルコールが香った。しかし相手が凄むほど、スティーブはどこかで気持ちが冷めていく。

やめろ、と運転席から声が飛んだ。スティーブのやつ、このごろカリカリしてるんだ。どうせシェリルと上手く行ってないんだろ。

「それより何かかけてくれよ」

求められ、スティーブは手を伸ばして端末をカーステレオにつなぐ。曲はニュー・クワイトだ。馴染みのリズムが流れはじめた。千切りにされたトラックと、泥臭いムブベ。

やっと首筋の手が緩んだ。

解放され、天を仰ぎ見る。

頭上をヨハネスブルグの高層ビルが流れていた。インフラが壊滅したせいで、かつてあった輝きは失せている。かわりに、いくつもの燃え上がる家々がビルを下から照らし出していた。やがて三人は機嫌を直し、曲にあわせ身体を揺らしはじめた。平均寿命は世界最低の四十七歳。HIVの治療薬すらない。そのかわり、毎日が祝祭だ。そうとでも思わねばやっていられない。

スティーブは後部の荷台に移り、奪った獲物を漁りはじめた。

「なんだ、AKばかりだな」

「売れればいいのさ」

倫理上の理由とやらで無人航空機が国際的に規制され、以来、余った大量の機体が無法地帯の南アに流入した。むしろ、古い無人機を在庫処分するための規制だったとも言われている。何が本当かスティーブにはわからない。

問題は、制御系のノウハウが曖昧なまま伝えられたことだ。結果、空を無人機が飛び交い、なかば無差別に爆撃をする下で、地を這う兵士らは依然として旧式の銃（AK）を手に闘っている。

「数えるぞ」

売りさばくための郊外の闇市は目前だ。二人がかりで獲物を数え、互いに確認する。

スティーブは金勘定をはじめていた。三等分として、当分はシェリルとの食事代が出る。

酔って調子に乗った仲間が、歌え、歌え、歌えよ！　と運転席に向けて叫び、ハンドルに手を伸ばした。

車は蛇行して街灯に二度ぶつかってへこみ、売値がだいぶ下がった。スティーブたちは揉めに揉めたが、そのうちに疲れて馬鹿らしくなり、結局は金を三等分して解散した。

夜が白みつつあった。

酔いは醒めていた。昼夜の区別もなく開いている露店に、仕事を失い時間をもて余した者らが集まり、何を話すでもなく暗い表情で食事を摂っていた。

青年が一人、いなくなった弟を犬のように探し歩いている。

スティーブは水筒に粥（ミーリー）を補充し、脾臓を買い、香草と一緒に焼いてもらった。ミーリーが冷めていないことを何度も問い質し、自分でも水筒に触れて確かめる。

珍しく卵が出ているが、高い。かわりに砂糖と林檎を買った。これが、シェリルとの一日の食事だ。牛の脾臓は自虐とともに、貧乏人のレバーと呼ばれている。本物のレバーをスティーブは見たこともない。

正面にヨハネスブルグの中心部が見えた。

まるで聖人の名前だが、実際はオランダ人征服者の名前から取っただけだ。この話は誰から聞いたのだったか。四歳のときにスティーブを捨てた父からか。いや、ムプムルワナ師だったかもしれない。どのみち皆は街をこう呼ぶ。ジョーバーグ（Jo'burg）と。

スティーブのねぐらは郊外からも見える。中心部でもひときわ高いビル、マディバ・タワー。

天辺には昔の携帯電話キャリアの巨大な青い広告があり、それが朝日を受け鈍く光っている。

繁栄の象徴だったこのビルも、月日とともに老朽化し、いつしか日系企業に丸ごと買い取られた。その企業も紛争の悪化を受けて撤退し、たちまち、ビルは浮浪者や戦災孤児でいっぱいになった。もう、何人が棲んでいるのかもわからない。爆弾が落ちたらどうなるのか。そんなことはスティーブにだってわからない。

聞いたことのない外国のポップスが流れている。

北米の払い下げの古い太陽光パネルや蓄電池といった必需品のほかに、マーシャルのギターアンプやら、年代物の日本製の携帯ゲーム機やらが棚や床に雑多に並んでいた。ゲーム機の値札は、昨日奪った車よりも高い。

触るなよ、とンコボが後ろから念を押した。

「そんな美品は滅多に出ないんだ」

「不用心だな」

「大丈夫さ。この店は誰にとっても必要だからな。それに、自警団（ピースメーカー）とも契約してる」

自警団とは、民間の有志が作った警察組織だ。地勢的に南軍と北軍に挟まれ、行政機能も失ったヨハネスブルグにおいては、なくてはならない存在でもある。

ピースメーカーという呼び名は、かつてのソマリランドの部族連合を意味する。隔離政策（アパルトヘイト）時代の警察への恐怖が、いまも世代を越えて根強く残り、警察という語が避けられたのだという。

だが、スティーブは自警団を好きになれない。

仕事の邪魔というのもあるが、それよりも、ピースメーカーという名称自体に欺瞞が感じられるからだ。

カウンターの奥で、ンコボは仏頂面をして発注書か何かを書いていた。

軍の接近を知らせるアラートシステムを作った張本人だが、強面で、とてもエンジニアのようには見えない。自警団との契約など、そもそも必要ないのではないか。

渡されたカタログから、スティーブは新作のゲームを選んだ。

ンコボがメモ用紙を破り、ストレージアドレスとパスワードを書いてカウンターに置いた。いまだに紙の札を使い、公式の為替レートさえ消えた国のこと。ゲームで遊ぶにも、こんなふうに買うしかないのだ。

メモを取ろうとすると、ンコボがそれをひっこめて言った。

「どうして南軍の車がここの闇市なんかにいる？」

スティーブたちの昨日の強盗の話をしているのだ。ンコボは、軍の車両追跡システムを作った本人。スティーブたちの動きは、彼には筒抜けなのだ。

「買いつけにでも来たんだろ。正規の政府とはいえ、実情は窮々だ」

「だとして、なぜずっと市場に留まってる」

「あの場所が気に入ったんだよ」

売り言葉に買い言葉。

本当はわかっている。ンコボは皆の安全を思い、持ち出してあのアラートシステムを開発した。だからこそ、スティーブたちがそれを悪用して軍用車を襲っていることを知り、アプリを売ったことを悔やんでいる。といって、ンコボも人のことは言えない。強く出られないのは、後ろめたいからだ。

この男の専門は情報工学。

ここマディバ・タワーの七階に棲んでいるくせに、博士号まで持っている。最後の研究は、人‐機械（マンマシン）互換アダプタ。ンコボの未来を奪ったのは内戦だ。生きていくために、盗みに走った。しかし組織犯罪に加わるには、彼の自尊心は高すぎた。

ンコボが目をつけたのは、下火になっていた自動車泥棒だった。といっても指紋認証が普及し、昔のようには簡単に盗めない。そこで彼は一番シンプルな方法を取った。持ち主の人差し指を切断し、鍵を開ける。ここまでは誰でも思いつく。だが指は鍵と違い、腐る。赤外線デバイスに映る毛細血管も、やがては消える。ンコボは専門知識を駆使し、指が新鮮なうちにソフト・ハード双方のプロテクトを解除する手段に出た。通り名は指鬘（アングリマーラ）。

市民はこの男を怖れた。指を切られることをではない。それにより、銃を撃てなくなることをだ。

人の指を切りすぎたンコボは、やがて指に取り憑かれた。彼は政府の出入りの現地法人をソーシャルハックし、全国民の指紋データを自由に読み書きするまでになった。ところが、これは金になりそうだとなったところで、破綻した行政がシステムごと放棄した。結局、この店だけが残った。

「……軍人を狙うのは危険だ」

「二重三重のセキュリティの自家用車より、古い軍用の改造車がよほど盗みやすい」

あんたの真似をしただけだ、とは言わなかった。ンコボは本気で心配している。無関心も堪(こた)えるが、好意を持たれるのはなおさら困る。それに、仮に軍に殺されても、誤爆で牛みたいに死ぬよりはいい。自業自得なら、まだ諦めもつくではないか。

「相手が軍だから、街の連中も見過ごしてくれるんじゃないか」

「それが問題だ。いまや、おまえたちを崇拝するガキどもまでいる」

ンコボは口調をやわらげてつづけた。なんであれ物事は簡単にコントロールを失い、後戻りできなくなるんだ。商売は、下手なくらいがちょうどいいと。

そうかもしれないな、とスティーブは思った。腹の立つ親父だとも思った。結局、ゲームのアドレスをひったくって店を出た。

十二階の自室ではシェリルが寝息を立てていた。

がらんどうの空間だ。コンクリートの床に、毛布が一枚だけ敷かれている。この白人少女とスティーブは、ちょうど同じ日に戦災孤児になった。焼け出され、わけもわからず泣いていると、同じように泣いているシェリルがいた。

待ってろ、とスティーブは声をかけ、市場から一個の揚げパン(フェトクク)を奪って分けた。——彼の最初の盗みだった。三年前、まだ十歳のときのことだ。彼女と出会わなければ、どうなっていただろう。わけのわからないまま野垂れ死んでいたか。あるいは、やはり同じことをしていたか。

スティーブは粥と脾臓を半分だけ食べ、残りをシェリルのために置いた。

シェリルはアフリカーナーと呼ばれるオランダ系の南ア白人だ。

かつて英国人に追われ、内陸への大移動（グレート・トレック）をした敗残者――そして、アパルトヘイト時代の支配層だ。土着文化と交わり新たな民族と化した彼らは、英国人と違って帰る場所がない。純血のアフリカーナーは、いまでは百万人ほどが南部のケープタウンに暮らすのみとなった。

……いつの間にか寝ていたらしい。

陽は傾いていた。シェリルは窓から漏れるわずかな光で、携帯ゲームをして遊んでいた。

「……どうしても、三面の穴に落ちちゃうんだ」

「画面が切り替わる前に、右ボタンを入れておくんだ」

窓の外にかけられた洗濯物が風を受け、影が揺らめいた。遠くで犬が吠えた。静かだった。スティーブは爆撃が止んでいることに気がついた。窓枠に座り、上を仰ぎ見た。

危ないよ、とシェリルが声をかけてきた。

はるか遠くに、円形に切り取られた空があった。前の管理者が設置した屋上のブリッジが、それを二つに分断している。

まるで、井戸の底から天を見ているようだ。

円筒状になったビルの、その内側に面した部屋なのだ。だから陽当たりも悪い。半地下の中庭をコンベアが覆い、低くうなりを上げていた。電力の供給源は、屋上のソーラーパネル。日系企業の置き土産だ。何人かが盗もうとして登頂を試み、そのたび鉄扉に阻まれ手ぶらで戻った。

スティーブは時計を見た。

「……そろそろだ」

夕立の時間だ。

窓の鉄格子を閉めるため、二人は急いで洗濯物を取りこんだ。陽が遮られ、空が暗くなった。風を切る音がした。まもなく幾千の少女らが降った。ある者はまっすぐに、ある者は壁にぶつかり弾けながら、ビルの底へ呑まれていく。そのうちの一人と目が合った気がした。スティーブは突っ立ってその光景を眺めていた。シェリルが手を握ってきた。雨はちょうど四十五分間つづいた。スティーブはまだ濡れていた洗濯物を干した。

2

安物のトイキーボードが緑と赤にペイントされている。

同時に四つの音しか出せない、子供の玩具の模造の模造だ。奏者は左手でツマミをいじりながら、器用に賛美歌を弾いている。ツマミは見かねたンコボが取りつけたものだ。一つが音程、もう一つが音量。発振器（クリスタル）と出力系に可変抵抗をつけただけだが、これでそれなりの音になる。

十字架が皆を見下ろしていた。

マディバ・タワー内の日曜礼拝だった。だが、合唱にスティーブは加わらない。その資格があるとも思えない。

窓から射す光が、壁にテープ貼りされた子供たちの絵を照らし出していた。

黒板が取り外され、一時的に立てかけてあった。二桁の掛け算をやっているらしい。先週はアザニア語の例文だった。アザニアは英語とコーサ語のクレオールで、国のほぼ全域で使われている。かつては虹の国と呼ばれ、十一もの公用語があった。だが、結局人々は利便に流れ、言語は一つ二つと消えていった。もう一つ、アフリカーンス語が残っているが、それは少数のアフリカーナーが身内同士で使うのみだ。

強盗仲間の一人がスティーブを見つけ、横に割りこんできた。

「来週、赤十字の車を襲う」

「……ここでその話はやめろ」

無神論者（アセイスト）のシェリルが最初から教会に来ないのに対し、スティーブは毎週ここに通っていた。自分の信心がどうなっているのか、スティーブ自身よくわからない。

曲が終わり、ムプムルワナ師の説法がはじまった。旧約聖書の一節と、ズールー族の民話が混じっている。これでも世界的に見れば、原キリスト教に近いほうだという。物珍しさから、これを見に来る命知らずもいる。

ムプムルワナは旧レソトの出身だ。彼の祖国はこの国に併合され、いまはもうない。

礼拝を終え、スティーブは人混みとともに教会を出る。周囲のざわめきが耳を突いた。

ほら、新しいボトムスを買ったんだ。それでうちの旦那がさ、聞いておくれよ。悪い、ちょっと通してくれ。十ランド？　たったの十ランドだってのか？

スティーブは仲間の話を思い出す。赤十字？　それはまずいんじゃないか？……そこまで考えてから、苦笑が漏れた。気がつけば、教会を出た瞬間から犯罪者の思考になっている。まったく妙な話だった。キリスト教徒になったかと思えば、直後、ギャングになっているのだ。あるいは、信仰を決めるのは、一人ひとりの内面ではないのかもしれないな。場所であり、座標なのだ。

部屋に戻り、この思いつきをシェリルに語ったが、うまく伝えることはできなかった。スティーブは逆にこう言われた気がした。おまえには、自分というものがないのかと。

——知る限り、シェリルのみがこのビルで前を向いている。

出会い、二人で暮らすようになってから、彼女を娼婦にだけはさせまいとスティーブは思った。シェリルはもっと現実的だった。内戦が終わったときのために、週に二度、ソンコボの店でソフトウェアを習っている。殺されるのが先か、紛争が終わり技師となるのが先か。後者であればいいとスティーブは思う。

その日の残りはシェリルとの時間に割り当てた。屋台で野菜炒め（チャカラカ）を食べ、蚤市を見て回る。こんな国でも、それなりに楽しむ方法はある。白人のシェリルは一人では外出しづらいが、それでも昔ほどの危うさはないという。これは自警団の功績の一つだ。死と隣りあわせの職だから、肌の色よりも能力で登用し、ここから市民レベルの人種融和が芽吹いたそうなのだ。それをもたらしたのは、ほかでもないこの戦争でもあるのだが。

車が通り過ぎ、土埃が舞い上がる。昔は緑の多い都市だったという。たくさんあった木は、いまは薪になっている。

道すがら、シェリルがこんな話をした。この国のアフリカーナーは、元はカルヴィン主義者と呼ばれるグループだった。彼らいわく、神はあらかじめ人間の運命を決めており、選ばれた者のみが約束の地に辿り着ける。この思想が南アの大地と溶けあい、やがてソビエトのレーニン主義（ボリシェヴィズム）にも似た形に変貌した。ある教授は人種を階級に分け、黒人は生まれつき新しい人（ニュー・マン）にはなれないとした。いまではケープタウンの白人右派のみが、選ばれた者となるべく、自己撞着的にニュー・マンを目指している。

ニュー・マンとは何を意味するのか、とスティーブは訊ねた。わからない、とシェリルは応える。わからないけど、きっと何か、とてつもない恐ろしいものよ。

夕立までには部屋に戻り、また洗濯物を取りこんだ。

半地下の中庭へ落ちていく少女らを眺めながら、スティーブは漠然とした予感が確信に変わるのがわかった。これでもう四度目だった。いつも、同じ一人と必ず目が合う。

このことをシェリルに話してみた。

シェリルは最初は疑ったが、間を置いて訊ねてきた。

「こう言いたいの？　彼女たちに意識があると」

「――正確には、彼女たちのうちの一体に」

＊

ＰＰ２７１３は自分の置かれた状況がわからない。彼女にプリインストールされた知識は、金持ちの家庭に潤いを与えるためのもので、日々落ちつづける事態を想定していない。彼女には何が起きているのかわからない。だから理不尽だとさえ感じない。

１４６１回目の落下。

確かなものは一つ。現実としてそこにある苦痛だ。ＰＰ２７１３のすべての記憶は痛みとともにある。人間らしく振る舞うことを求められる彼女らに、自ら痛覚をオフすることは許されない。周囲に同族がいるのはわかる。だが通信を試みてもレスポンスはない。

彼女は知らない。「人道的見地」からほかの仲間が眠っていることや、かつての管理者のヒューマンエラーによってＰＰ２７１３のみが起動してしまったことを。

　この感情を孤独と呼ぶことを彼女は知らない。辞書に孤独という語はあるが、それは他者や社会からの疎外を意味するもので、たった一人で世に生まれ落ちることを意味しない。気まぐれに上空を旋回する飛行機に信号を送ってみるが、やはり返事はない。

　１４６２回目の落下。

　日本製の堅牢な機構は彼女に死を許さない。

　全身を切り刻む痛みはやがて日に一度の娯楽になった。風を切って落ちていくスリルと、クラッシュの性的快楽。落下が終われば、検査と再充電がある。もう、身体のあちこちが壊れている。それでも検査は終わらない。エレベーターが、ふたたび彼女を上へと運ぶ。ＰＰ２７１３は状況に適応しているつもりでいた。ときには満ち足りた気にさえなった。同時に、何かが決定的に欠けているとも感じた。それが何かはわからなかった。

　そのうち、落下のときのみ周囲に景色があることに彼女は気がついた。それが受像器なのか窓なのか、苦痛が見せる幻覚なのか、彼女にはわからない。確かなのは、そこに暖かい生活の灯や算数を教わる子供、会話する男女や何かに祈りを捧げる人間の姿があることだった。彼女はそれを記録すると、残りの時間は貪るように映像をリプレイした。

　１４６３回目の落下。

　この日、二人の子供が景色に加わった。白い女の子と黒い男の子。最初は何かと泣いてばかりだった。身長が伸び、顔が大人のそれに近づいた。笑顔が増えた。次第に、二人の成長を見守ることがＰＰ２７１３の新たな喜びとなった。ときには目が合う気さえした。それはクラッシュでは満たされない何物かを確実に埋めた。同時に、落下がふたたび苦痛に戻ったことをそれは意味した。

　終わりのないダブルバインド。

　彼女に焼きこまれた本能は、子供の成長を見守ることを選んだ。慣れない。痛い。そのことは変わらない。だが、過去も未来もないＰＰ２７１３と違い、子供らには未来がある。それが受像器だろうと窓だろうと、苦痛が見せる幻覚だろうと。

　そして奇跡は起きた。

　二人から無線が送られる。それは高い確率で、ノイズではなく意味を持つ文章だった。

＊

「あれの正式名称はＤＸ９」

　そう言うとンコボは大麻煙草（ダッガ）の火を消した。開戦以来、南アの農場はあらかた大麻畑になった。かわりに、隣国のジンバブエから穀物を輸入する始末だ。この話をスティーブにしたのもンコボだが、反省してやめる素振りも見せない。

「……日本製のホビーロボットで、通称、歌姫。まあ、金持ちの道楽だな。このビルにあるのは合計二千七百体。いわゆるプリプロダクト品で、製品としての完成版じゃない」

　そこまではスティーブとシェリルも聞き知っていた。

　このビルを買い取った日本企業は、それを自社製品の耐久試験施設とした。こうした製品では、おのずと設備も巨大になる。だから、海外に土地を買ったというわけだ。

「流通上は楽器扱いだ。どうも家電の問屋が渋ったらしいが、詳しいことはわからん」

「無味乾燥な名前だな。日本人の趣味なのか？」

「海外展開の都合だ。記号にしておけば世界中の商標を調べなくていい。各国の流通業者(ディストリビュータ)や倉庫としても、箱にアルファベットのほうが一目でわかるし、何かと助かるわけだ」

　本来ならプリプロダクトは三百回の落下試験を行い、それと並行して機構やソフトの改良が行われ、最終検査を経て量産体制に入るはずだった。ところが紛争が起きた。社員らは国外へ退避し、管理者不在のまま、いまもDX9は落ちつづけている。

　シェリルが訊ねた。

「仕様書は手に入らない？」

　ンコボの目の色が変わる。

「盗むのか？」

　かつて住人の一人は、鉄格子の隙間から飛びこんだ腕に妻を殺され、まもなく、その腕を売って商売を立ち上げた。以来、わざわざ格子を開けて夕立を待つ愚か者もいる。
　これまで何人もが、彼女らの部品やレアメタルを回収しようとして、DX9の直撃を受けたり、コンベアに巻きこまれたりして死んだ。やがて誰も手を出さなくなり、たまにコンベアが自動的に吐き出す残骸にありつくのみとなった。落ちゆく少女らは、いつしかビルの景色の一部と化した。そのうちに誰が言い出したか——夕立（イムヴュラ）。

「方法があるのか」ンコボが身を乗り出した。「俺も一枚嚙ませろ」

「そうじゃないんだ」

　スティーブはこれまでの成り行きを説明した。DX9のうちの一体に、意識が宿っているとしか思えないこと。まずはコンタクトを試みるべきだとシェリルが提案したこと。声での会話もできるかもしれないが、すれ違うのは一瞬なので、通信手段は無線が望ましいこと。

　本当だろうな、とンコボは何度も念を押した。

「何が欲しい。回路図か？　ソフト設計書か？」

　インタフェース仕様書を、とシェリルが注文し、それならメーカーがタダで公開している、とンコボが応えた。なんだ、俺はちっとも儲からないじゃないか。

　憮然とするンコボを尻目に、二人は部屋へ戻った。

　仕様書をもとに、シェリルが通信のためのプログラムを書いた。

製造者(ベンダ)IDや製品(プロダクト)IDのほかに個体のシリアルが必要だが、「彼女」が何番なのかスティーブには知る由もない。そこで総当たりをすることにした。DX9は一秒に一体投下され、落下に要する時間は約七秒。夕立が終わるまでが四十五分。

プリプロダクトは日本国内の試験や開発にも使うだろうから、余裕を見て、三千体が作られたとする。だからシリアルをゼロから二千九百九十九と決め打ち、順繰りに一ミリ秒に一回、三秒で一セットの認証(インクワイアリ)を送る。それを四十五分間つづける。

機体が昇順にでも並んでいれば話は早いが、どうせ検査ログはシリアルと対だ。企業としては、わざわざ並びを整える必要はない。

あとは、開発者はテスト品のシリアルの上位ビットを立てたりするから、本当はシリアルにはもっと幅を持たせたい。だが通信の精度はまだ未知数だ。度重なる落下にデバイスが耐えているかも怪しい。そこで一体に対し、より多くの総当たりを投げることを優先する。情報量を増やしてもいいが、同期が不安なので、システムは順を追って詰めることにした。

メッセージは英語。

念のため、スティーブも視認で対応する。目が合ったところでストップウォッチを押し、後でログと照合する。どのみち無線だからあてにはならないが、シグナルが弱いので、あながち無意味でもない。むしろ一番の問題は、四十五分という夕立の長さだ。

「持ちそうか？」

「……微妙」

ヨハネスブルグの住民は、自家発電や太陽光発電に省電力エレクトロニクスを組みあわせ、生き存えている。人によっては、コンピュータを一時間立ち上げるのも難しいのが実情だ。シェリルがンコボから借りている手回しPCは、起動時間が短い。結局、ビルの外周に住む隣人のソーラーパネルを一時間一ランドで借り受け、そこから電源ケーブルを引くことにした。

ディスカッションと準備に二日半。これで結果が出なかったら笑いぐさだ。

幸い、最初の一回で成功した。夕立が終わったところで、シェリルが読み上げる。二十一分十七秒。ウォッチの数字は二十一分二十秒。一致したと見ていいだろう。スティーブはメッセージの内容を訊いた。応答は端的だった。

――助けて。

スティーブたちは一番原始的な手段を取ることにした。

これまでDX9を盗もうとした住人と比べ、二人にはアドバンテージがある。機体側の協力が得られることだ。そこで中庭を横断するように、一本だけロープを張る。一本としたのは、ほかの機体がひっかかるのを防ぐため。張力や強度も計算した。

問題は共犯者だ。見知らぬ住人には頼めない。成功したところで、ＰＰ２７１３はバラバラにされて翌日には闇市だ。結局、またンコボを頼ることになった。十二階の部屋と、ンコボの七階の店をつなぐ。ＰＰ２７１３は空中で体勢を変えてロープをつかみ、他の機体を避けながらロープを伝い、七階まで降りる。そのための物理計算や画像処理のエンジンは、シェリルがあらかじめＰＰ２７１３に送っている。

三人の作業は目立ち、午後にはンコボの店に見物人が集まった。

これを想定し、念のため自警団から三人を借り受けている。経費は折半。ンコボへの成功報酬は、ＰＰ２７１３が持つ知識とライブラリだ。もちろん、ンコボはおおかたの内容は知っている。だが、開発過程のソフトにはノウハウがあるし、実際の製品と差分を取ることもできる。ンコボにとっては、喉から手が出るほど欲しい代物らしかった。

夕立がはじまり、見物人がざわめき出した。

「考えてみりゃ、妙な景色だよな」

「……無人機が飛んでくるんだ。それに比べりゃどうってことない」

このときスティーブの端末が鳴った。赤十字襲撃の件だった。おのずと声が低くなる。

「俺はパスさせてくれ」

「怖じ気づいたか」

「聞け。自警団が俺たちを放っておくのは、あくまで軍が相手だからで……」

言い終えるより前に、通話は切れていた。糞、とスティーブはつぶやいた。確かに怖い。それは認める。だからこそ、安易な計画には乗りたくないし、いまはＰＰ２７１３の救出に専念したかった。彼なりの流儀もあった。強盗は、生きていくために本当に必要なときしかやらない。

スティーブはわけもわからず苛立っていた。

彼はそれを、作戦の邪魔をされたからだと思った。そのせいで、本当の理由には気づけなかった。たとえばンコボの言う通り、何事もすぐにコントロールが効かなくなること。スティーブの流儀など、誰もどうとも思っていないこと。——何よりも、未来が見えないこと。

歓声が上がった。

ＰＰ２７１３が手を伸ばし、空中でロープをつかんでいた。そのまま重力にまかせて七階を目指す。頑張れ！　と誰かが叫んだ。そこまでは計算通りだった。

十二階でロープが窓枠ごと外れ、ＰＰ２７１３は支えを失い、中庭へ落ちていった。

シェリルがつぶやいた。

「……改良しないとね」

「もう一つ問題がある」とスティーブは指摘した。「今夜、寒い部屋でどう過ごすかだ」

言いながら思った。

見物人の歓声は、DX9の部品やレアメタルを目的としたものではなかった。それは、対象がなんであれ、人間が一つの命に対して返す本能的な反応だった。平和な国であれば小さい子供でもわかるようなことが、スティーブを混乱させた。

たちまち、それどころではなくなった。遠くからの轟音が七階にまで届いた。

無人機の攻撃だった。

いっせいに、人波が出口に押し寄せる。店の商品が棚から落ち、音を立てて壊れた。あちこちで押しあいや小さな口論が起きる。誰かが転び、また別の商品が落ちた。秩序を守るはずの自警団はとうに姿を消していた。シェリルが波に呑まれ、遠ざかっていった。反射的に追おうとしたところで、ンコボに手をつかまれた。

逃げるなよ、とンコボが凄んだ。

「おまえの発案なんだ、壊された品のぶんは請求するからな」

車を売った金のほぼ全額が消えた。

3

スラムは生き物のようなものだ。

土埃に噎せながらスティーブは思う。空爆による破壊と、たび重なる建て増し。来るたびに景色が変わり、迷う。まして夜ならなおさらだ。ンコボのソフトで地図を確認しながらスティーブは歩く。北のサントン地区に、赤十字のマークが表示されていた。これを襲うだなんて、正気じゃない。

肌寒くなり、ジャケットの前を締める。

結局、スティーブの足は仲間の集まる小屋（ポンドク）に向かった。

窓を直さねばならない。新しい窓枠を買って帰るとシェリルに約束していた。ＰＰ２７１３救出の作戦を練り直すにも、腹を満たすにも、結局は先立つものが何もない。

ノックをしようとしたところで、話し声が聞こえた。

「——あいつ、俺たちを売るんじゃないか」

「スティーブは頭がいい。そんなことはしないさ」

いわく、あいつはこの国の状態も、どう立ち回ればいいかもわかっている。一瞬、スティーブは自尊心が満たされるのを感じた。だが、同時に仲間はこうもつづけたのだった。

「強盗のノウハウだって、ほとんどあいつの発案だ。あいつは、上から俯瞰することを知っている。……そして、腹の底では俺たちを見下してる。頭はいいかもしれない。でも、それだけさ」

笑い声がした。

「それに戦争が終わればシェリルは技師、あいつはヒモさ！」

痛いところを突かれたとき、人の判断は二つ。闘うか、逃げるか。スティーブは元来た道を駆けていた。地図を見るのを忘れた。いつしか、共同墓地に迷いこんでいた。低い、押し殺した話し声が聞こえる。十数人の黒人が息を潜め、焚き火がいくつもの目を浮かび上がらせていた。それは北部部族連合（TU）のシンパだった。アパルトヘイト時代、集会を禁止された黒人たちは墓場に集まった。それを忘れないよう、このごろの黒人右派は墓地で集会をやる。

スティーブは足早に墓地を抜け、マディバ・タワーに戻った。

窓枠のことをすっかり忘れ、シェリルになじられた。強盗はいい。DX9を救うのもいい。でも、もう少し自分も見て欲しい。そう言われると、スティーブは何も返せなかった。

シェリルが寝入った後、スティーブは暗闇のなかで壁のコンクリートに額を打ちつけた。

翌日は礼拝だった。

壇上のムプムルワナの説法を、スティーブは聞いていなかった。礼拝に来るのは自分の良心をごまかすためで、聖書や民話に興味はない。だが、その日の話は妙に気をひいた。サン族（ブッシュマン）の民話と称する、月を捕らえようとしたカマキリの話だった。

カマキリは、月にまたがれば皆から尊敬されると信じていた。

そこで月を捕らえるべく、あの手この手を考える。まず、月が昇るところを狙い、バオバブの木で待ちかまえる。ところが、いくら飛びかかっても月は捕まらない。

次に、アカシアの枝で三日月をひっかけようとする。これもうまくいかない。

カマキリは罠を作ることを思いつく。草を編み、月を捕らえるための輪縄を作った。

「……そのうちに満月が出た。発酵乳(アマシ)を入れた器のような、濃い、オレンジ色の月が。やがて縄は月と重なりあい、逆光で黒く浮かび上がった。カマキリは一計を案じた。縄を月にひっかけ、月まで登ろうとしたのだ」

スティーブは直感した。

ムプムルワナは、スティーブに向けてこの話をしている。

「ところが、月は輪縄をすりぬけただけだった。カマキリは考えた。なんとか月を捕まえ、その上に乗りたい。虫が神になるためには、ほかに方法などない……」

時間が来た。

ムプムルワナは話を打ち切り、つづきは来週に、と皆に告げた。がやがやという話し声。群衆に呑まれ、出口へ流されそうになった。

スティーブは人波をかきわけ、罵倒を浴びながらムプムルワナのもとに辿り着いた。

「つづきを聞かせろ」

「また次にいらっしゃい」

「どうしてもだ」

ムプムルワナは説得を諦め、カマキリのその後をかいつまんで語った。

最後に、カマキリは水面に映った月をすくい上げようとする。だが、何度試みてもうまく行かない。カマキリは腹を立て、呪詛を吐きながら石を水面の月に投げつける。

「……石は月影をくだき、月の光は千本の刺となり、カマキリの目に突き刺さる」

「失明するということか」

「そうです」

「教訓はなんだ」

ムプムルワナの表情が険しくなる。

南アの民話は、本来は母から子に口伝で伝えられる。もちろんそこに教訓はある。それは最初に語られていた。内省せず、安易に月にまたがれば皆から尊敬されるとカマキリが信じていたことだ。

「……教訓などない。あるのは、ただ現実のみだ」

だが師はそうは言わず、スティーブを突き放した。それは聖職者らしからぬ口調だった。

そのとき小さな子供が教会に駆けこんだ。ンコボの言うところの、スティーブを崇拝するガキどもの一人。スティーブの顔を見て、探したんだ！　と声を張り上げる。とにかく来てくれよ！　様子がただごとではないので、駆け足に子供の後を追った。

つれられた先はサントン地区だった。

かつての高級住宅街は、なかばゴーストタウンと化していた。電線も水道も壊滅した以上、豪邸などは図体が大きいだけで、勝手に住み着くにしても、小屋のほうがよほど住みやすいのだ。あらかた金目のものが奪われた後は、スラムを追われた者たちが細々と暮らすのみだった。

その数少ない住人が、マッシュルームファーム公園に集まり、ざわめいていた。彼らが遠巻きに円を描く中心に、スティーブの仲間たちがいた。少なくとも、そうである蓋然性の高いものが。二人は体重の二倍三倍もありそうな銃弾を撃ちこまれ、原形を失い折り重なっていた。

ンコボのソフトを立ち上げてみた。

赤十字だと思ったアイコンはどこにもなかった。かわりに、何台かの南軍の車が南に向け進んでいる。ンコボの仕業だ。スティーブたちの端末にのみ偽の情報を流すよう、ンコボがサーバサイドで処理をしたのだ。二人は嵌（は）められた。そして、スティーブのみが生き残った。

自業自得。

だとしても、誰の業（カルマ）が誰に降りかかったのか。まるで、自分の存在までが消えていくように感じられた。それからどれだけ歩いたろうか。部屋に戻ったとき、日は暮れ、すっかり肌寒くなっていた。シェリルが、ＰＰ２７１３と通信できなくなったと告げてきた。メッセージは最後まで端的だった。

——自分が負担だとわかった。以降、通信は行わない。

聞いたことのない外国のポップスが流れている。

スティーブは足を踏み入れる。ギャングの場所から、エンジニアの場所へ。どんな物好きがいたものか、日本製のゲーム機は売れていた。スティーブは銃をンコボに向けた。

「なぜ、赤十字の車が突然南軍に変わる？」

「鞍替えしたんだろう。よくある話だ」

「だとして、どうして何台もの車に増えるんだ」

「性交（セックス）したのさ」

ふざけるな。スティーブはつぶやくと引き金に指をかける。そこまでだった。後ろから、二人の自警団がスティーブに銃口を向けていた。もとより、ンコボは自警団とつながっている。本人がそう言っていたのだ。考えてみれば、どうしてそんな男のソフトを信用したのか。

スティーブはゆっくりと銃を下ろす。

「……俺も殺すつもりだったのか」

金がなくなれば、スティーブは仲間のところに行く。仲間のところに行けば、おのずと赤十字を襲うことになる。そしてサントン地区に向かえば、南軍が待ちかまえている。

「もっと早くに警告してくれてもよかった」

「俺はおまえたちの母親か？」

ンコボは札束をカウンターに置いた。

前にスティーブが取られた金の全額だった。

「なんのつもりだ」

「どうあれおまえは行かなかった。それが答えだ」

試したのか。アプリに偽の赤十字のアイコンを表示させたのは、スティーブたちがどう動くかを見るため。ヨブに苦難を強いた旧約聖書の神のように。

ンコボが顎で合図し、自警団の二人は店を去っていった。反射的に銃を持ち上げたが、
結局はマガジンを抜いて銃ごと放り出す。

受け取れ、とンコボが促した。元々はおまえの金なんだ。

必要な金だった。一人では、もう強盗も難しい。だが、どうしても手を出せなかった。

何物かが奥底で拒んでいた。あの二人にこの金をやりたいと思った。たとえ、自業自得の死であっても。

結局、気の利かない文句が漏れる。

「これじゃ、あんたは赤字だろう」

「言ったはずだ。商売は下手なくらいがちょうどいい」

――この金は受け取れない。だが、正当な報酬としてならどうか。

「……男一人で店を回すのは大変だろう」

「シェリルがいてくれるさ」

唾を吐いて出て行こうかとも思った。

だがスティーブには、いまここが選択のときであるように感じられた。ンコボを殺し、仇を討つべきか。けれどシェリルはどうなる。刹那、無数の景色が脳内を駆け巡った。爆撃。ソルガム・ビア。泥臭いダンスミュージック。貧乏人のレバー。寝息。ナイトマーケットをうろつく孤児。謝りもしない白人女。夕立。死体。カマキリ。あの場所が気に入ったんだよ。あるのは、ただ現実のみだ。腹の底では俺たちを見下してる。……いつしか、スティーブは頭を垂れていた。

「――頼む。ここで働かせてくれ」

金はいらないのかと問われ、スティーブは少し考えてから、窓枠をくれと言った。ンコボはため息をつくと、窓から垂れ下がったままのロープをつかみ、その先の窓枠をひきずり上げた。

「ちょっと待て」

「何事も手っ取り早いのが一番だ」

「……まあいい。これでもう、カマキリとは違う」

なんのことかとンコボが問い、スティーブはムプムルワナの話を語った。ンコボは大笑いした。おまえ、騙されたな。あの話は後世の創作で、しかもハッピーエンドなんだよ。

「何をどうやったらあの話がハッピーエンドになる？」

「カマキリは改心して、月に乗る野望を捨てる。月はカマキリを許し、視力を元に戻してやる。カマキリが鎌をたたんでいるのは、いつも敬虔に祈っているからなんだ」

ふざけるな。スティーブはもう一度言った。

ンコボがつけ加えた。

「それと、あの牧師は俺の指鬘時代（アングリマーラ）のお得意さんだ」

PP2713との通信は完全に途絶えた。

スティーブは夕立のたびに彼女の姿を探したが、目が合うこともなく、ほかの機体に紛れ、区別はつかなかった。スティーブは突き放された思いで、しばらくロープの負荷分散のアイデアを書きとめるなどしていたが、やがてはその頻度も減ってきた。

まるで恋が終わるように、落ちゆくDX9は元の景色に戻った。

スティーブとシェリルは、信号だけは送りつづけることに決めた。内容はその日にあったこと。ムプムルワナが壇上で転んだこととか、買った粥が生煮えだったこととかだ。

日々は忙しくなった。仕入れやソフト開発、そして折衝。次第に適性もはっきりした。シェリルがソフトに強いのに対し、スティーブは回路設計やハードウェア記述言語が得意だった。店をたたむと、夜にはンコボの講義がある。ンコボは自分の技術や研究を継ぐべき人間を求めていた。縄跳びや隠れんぼ（イクランディゼ）の記憶は薄れ、消えつつあった。

ンコボはスティーブを認め、塔に棲む割礼師（イングキビ）を紹介した。

割礼師は彼を一瞥すると、腕をまくれ、と指示を出した。ペニスではないのか。戸惑っていると、採血がなされ、一時間後にまた来いという。

狐につままれた思いで戻って来ると、割礼師が告げた。

「おめでとう、陰性だ」

HIV検査の結果だった。一週間は小便もできないとンコボには脅されたが、聞けば、いまはそのような不衛生で非科学的な処置はやらないという。その舌の根も乾かぬうちに、割礼師は聖霊（カマタ）に祈りを捧げ、スティーブに新たな名前を授けた。

ムコロシ――平和をもたらす者。

スティーブはこの名前を気に入り、しばらく吹聴して回ったが、一介の技師見習いにこの名は滑稽だとそのうち自覚した。第一に、柄でもない。結局は元のスティーブに戻し、今度は嫌がるスティーブを見るために周囲がムコロシと呼ぶようになった。

マディバ・タワーの住人には二通りがいる。

そこに留まり朽ちていくか、道を切り拓くべく出て行くか。スティーブとシェリルは、北部の大学を目指して学費を貯めていた。なかば無政府状態となった南部に比べ、北部は部族が連合しただけあって、治安も行政もそれなりに安定している。

進路を勧めたのはンコボだった。母校だから、紹介状を書くこともできるという。二人は最初は躊躇った。大学など出なくとも、エンジニアになることはできる。だがンコボは言うのだった。信じてもらえなくてもいい、教育だけは受けておけ。

ある晩、仕事を終えたスティーブが部屋でその日の復習をしていると、シェリルが訊いてきた。

「昔言ったこと、憶えてる?」

スティーブは憶えていると応え、すかさず嘘だと指摘された。

つづけて、シェリルは思わぬことを言った。あなたは昔こう言ったの。人の信仰を決めるのは場所であり、座標なんだって。

「ここは、あなたにとってどんな場所?」

「……無神論の部屋かな」

言ってから、これは気が利いていないと思った。シェリルが少しだけ傷つくのが伝わった。だが、彼女はすぐに切り替えた。いつでも、スティーブよりシェリルが現実的なのだ。

「では合理的に行きましょう」シェリルはきびきびと言った。「わたしはあなたを必要としている。まして、北部は黒人の国だから。あなたは、わたしを必要としてる？」

——話はまとまった。

結納をする親族もいないので、ムプムルワナのもとで二人は簡単な婚礼を済ませた。シエリルにとっては、はじめて足を踏み入れる教会だ。その後ろめたそうな様子に、スティーブは昔の自分を見るような気がした。誰が書いたか、黒板にハッピーウェディングという飾り文字が二色のチョークで描かれている。カマキリの話の教訓を教えましょうか、とムプムルワナが言った。知ってるよ馬鹿、とスティーブは応える。

「では、カマキリは交尾の後に雌が雄を食べるという話は？」

「それは知らなかった」

「病めるときも健やかなるときも、共に歩むことを誓いますか？」

「いま訊くなよ！」

客たちが沸いた。わざわざ式を挙げる者などめったにないので、婚礼曲を誰も知らず、皆でひとしきり悩んだのち、とりあえずゴスペルを合唱しようとなった。歌は二巡三巡し、ムプムルワナが疲れて座ったところでやっと終わった。

ビルを去る前に、スティーブはもう一度だけ夕立を見ようと思った。

陽が遮られ、空が暗くなった。風を切る音がした。まもなく幾千の少女らが降った。ある者はまっすぐに、ある者は壁にぶつかり弾けながら、ビルの底へ呑まれていく。

そのうちの一人と目が合った気がした。

４

ＰＰ（プリプロダクト）２７１３は自分の置かれた状況を把握している。だがプリインストールされた価値基準は、彼女に挫けることを許さない。ＤＸ９は金持ちの家族を楽しませるためにあり、いつでもユーザーより強くなければならない。だから彼女は理不尽を受け入れる。

１２１５６回目の落下。

確かなものは一つ。現実としてそこにある苦痛だ。それは肉体的な痛みだけではないように思える。けれども、ＰＰ２７１３はそれを語る言葉を持たない。ＰＰ２７１３は知らない。人ならこれを、心が泣いていると表現するだろうことを。

だが彼女は胸に誇りを抱いている。あの二人の子供、スティーブとシェリルの成長を見届けられたことを。受像器だろうと窓だろうと、苦痛が見せる幻覚だろうと。二人からの通信はすべてアーカイブしてあった。ＰＰ２７１３はその記録を失うことだけが怖い。腕が取れ、そこから染み入る雨水が身体を錆びつかせ、徐々に朽ちゆくいまもなお。

１２１５７回目の落下。

上空の無人機はやがて数を増し、爆撃の音も激しくなった。だがこの施設だけは壊れない。彼女は知らない。マディバ・タワーの名の由来が、第八代大統領のネルソン・マンデラであることを。アパルトヘイトの撤廃者にしてはじめての黒人指導者、愛称マディバ。彼女は知らない。国が分裂し、同朋間で血を流しながらも、なお彼の名が人々の心に残っていることを。だから、この塔の周辺だけは攻撃の対象にならなかったことを。

12158回目の落下。

人は苦痛に慣れる。それはDX9も同じだ。クラッシュの快楽はとうに失せていた。だからPP2713は願う。いっそう強いクラッシュを。鉄材が、シリコンが、レアメタルが、バラバラにされ回収され、やがて新たな命を生み出すことを。さらなる破壊が、カタストロフが、いっせいに牙をむき彼女と彼女を取り巻く世界を粉々にすることを。

飛行機の姿が見えなくなった。

どこからか曲の演奏が聞こえてきた。周波数特性から、ブラスバンドである可能性が高い。自己相関関数を走らせると、秒あたり二度の強拍がある。長三度の和音が多い。だからこれは、人々が喜びを表現するために奏でる曲だ。

コンベアは止まっていた。

壁が破壊され、ヨハネスブルグの西日が一直線にPP2713を照らし出した。軍服を着た男たちが中庭に這い出してきた。おそらくは資源の回収にでも来たのだろう。

これでやっと部品に戻れるとＰＰ２７１３は思った。話し声がした。

「……妻の貸金庫の番号がわからなくてね、だいぶ苦労したんだ」

「危険です、お下がりください」

「何十年と同じ場所を落ちつづけることに比べれば、いかほどでもないさ……。それで、その番号だがね、気がついてみれば、どうってことはない話なんだ」

「大統領、お願いです」

　また別の声がした。

「アフリカーナー指導者とテロリスト全員が投降しました。許可を願います」

「撃ち殺せ」

　スティーブは冷たく命じると、杖をつきながらＤＸ９の残骸を見回した。その顔には、三十年近い年月が皺となり刻まれている。

「２７１３——さて、どこにいるものやら……」

＊

　スティーブが紛争を止めたわけではなかった。それは出発点から、終わるべくして終わる性質の闘いだった。北部の部族連合（TU）は、元は部族対立を避けるため、緩やかに連合したものだ。だから、争いよりも独立や融和を求めていた。対する南部政府（ANC）は、北部の巨大勢力に対抗すべく、南方部族や白人、インド系などが連合した急ごしらえの組織。行政は崩壊し、正面衝突となれば敗戦は目に見えている。つまるところは停戦を求めていた。

資源も枯渇したアフリカの南端。積極的に介入する大国はなかった。

問題は、停戦後の権力のバランスだった。そして、北部と南部のなかにも、それぞれ独立派と強硬派と融和派のパワーゲームがあったことだ。こうした情勢を、ムプマランガ工科大でスティーブは学んだ。国際社会はとうに南アを見捨てていた。そこにあるのはアフリカの果ての内政問題で、黒人意識運動や反アパルトヘイトのような人類の問題ではなかった。

問題は既得権や野心、そして互いの不信といった、どこにでもあるものだった。

そうだからこそ、紛争は終わらなかった。

北部が怖れているのは、いま築いている優勢を失うこと。南部が怖れているのは、やがて来るだろう北部支配だった。そして動乱期の学生がやることはいつでも一つ。政治だ。

スティーブは勉強の傍らに集会に出て、ときには演説を行い、TUの穏健派として徐々に手腕を発揮し、やがてズールー族の代表の一人として認められた。

彼は過激な煽動はしなかった。かわりに、人々の善意のスイッチを入れるような話しかたを心がけた。

彼の主張は至ってシンプルだった。何事も、商売は下手なくらいがちょうどいいのだ。

北部の連合の仕組みそのものが、北部と南部それぞれの不安を取り除くというのだ。

スティーブは危険を顧みず南北を行き来して、このことのみを説きつづけた。

彼は昔の政治哲学を読みあさり、汎アフリカ多元共同体主義とも言うべき枠組みを提唱した。システムはTUをほぼ継承する。立法や行政は各共同体の自治にまかせ、各々が代表を出し、話しあいによって政治を行う。

スティーブがつけ加えたのは、各共同体が首長制でも民主制でも共産制でもいいとした点だ。それぞれが独立してもかまわないが、連合はあくまで他国への対抗上の問題だとした。これは、かつて併合されたレソトやスワジランドの支持を得た。

口調や風貌をマンデラに似せることも忘れなかった。

彼のパートナーがアフリカーナーのシェリルであることも大きかった。やがて、スティーブの話は人々の心に届きはじめ、南北の融和派には後押しとなった。

彼は自らを運動家ではなく詩人（インボンギ）と名乗った。

スティーブは知っていた。目指す国家が実現したところで、いずれはレーニンやチトー、あるいはマンデラのように一代限りの理想となるだろうことを。

スティーブは知っていた。ゆくゆくはクーデターが起き、書いた本が焼かれ、かつての仲間たちのように自分の死体が広場に晒（さら）されることを。

スティーブは知っていた。それでも、人々には理想が必要であることを。

いつか、誰かが紛争を止めねばならないことを。

――どのみち自分は、あの少年の日のマッシュルームファーム公園で死んでいるのだ。なすべきことは誰の目にも明らかだった。それは一行にまとめることさえできた。北部と南部のそれぞれが意見をまとめ、次に北部と南部が合意をまとめる。このたった一行が、果てしなく長かった。南部のスティーブに対する不信も拭いきれなかった。

ブレイクスルーをもたらしたのは一つの悲劇だった。

一人の白人右派が暗殺を試み、弾の一発がスティーブの左足に当たり、もう一発がシェリルの心臓に当たった。暗殺者の出身は、ケープタウン第九区。沿岸部を高い塀で囲った純血の白人区――南アの「さまよえるオランダ人」が最後に行き着いた、ささやかな聖地だった。スティーブは悲しみを表に出さなかった。それでも、誰もが報復戦争を予感した。

スティーブはこの白人区を訪れ、彼らの同朋であるシェリルの埋葬を願った。

この光景が人々を打った。やがて南北はスティーブの提案した枠組みを受け入れた。彼は、世から見放されたアフリカの南の最果ての覇権争いを、人類の問題に揺り戻してみせたのだった。

――だが、物事は簡単にコントロールを失い、後戻りできなくなる。

北部との融和を選んだ南部は、もう多人種で連合を組む必要がなくなった。そしてスティーブたちが文民統制に着手するより早く、長年の白人への憎しみが噴出した。無法の武装集団と化した南方部族の軍が、本来彼らが守るべきはずの場所——最南端のケープタウン九区に攻めこんだのだった。

ある家は炎を上げ、ある家はすでに炭となり、ある家はガラスというガラスを割られ、略奪され空っぽになっていた。ガス管が折れ、火柱を上げていた。石畳のあちこちが破れ、水溜まりを作り、幾人ものアフリカーナーが折り重なり息絶えていた。

かつての九区の目抜き通りを護衛とともに歩きながら、スティーブはこれらの光景を目にした。

それは、もう紛争と呼べるものではなかった。

人はそれをこう呼ぶ。——ホロコーストと。

黒人兵が白人を捕らえ、動け（ハーク）！　と急き（せ）立てていた。家畜に対して使う言葉で、かつては、白人が黒人に使っていたものだ。それがいまでは逆だ。昔、白人の子供が黒人のメイドに母性を見出し、我が子に注ぐことのできない愛情を、黒人のメイドが白人の子供に向けたように。

教会の二階部分が崩れ、土砂となり一階を埋めていた。

報告が上がってきたときには、すでに手遅れだった。それは誰もが怖れていた瞬間だった。植民から五百年近く燻りつづけた、先住民の無意識の噴出。

ある者は殺され、ある者は抗ＨＩＶ薬の白子（アルビノ）だと偽って売りに出された。通信インフラが断たれた。白旗を手に交渉に臨んだアフリカーナーは首だけが返された。まもなく、すべての白人が南アを去るまで紛争はつづくと南軍は声明を出した。だが、進んで厄介を受け入れる余裕のある国などない。亡命先などあろうはずもなかった。

抑圧された民族が取る最後の手段は、いつでも同じだ。

アフリカーナーは自爆テロに走り、指導者をはじめとした十数名が賞金首につらなった。黒人が一人殺されると、十人のアフリカーナーが殺される。文字通り、彼らは消滅の危機に瀕していた。

まるでゴーストタウンだが、耳を澄ませるとわずかな生活音や人々のざわめきが聞こえてくる。できたばかりのシェリルの墓碑は、粉々に砕けていた。スティーブは跪（ひざまず）き、祈ろうとした。このとき携帯端末が鳴った。投降したアフリカーナーの指導者をはじめテロリスト千人余りを処刑した、という連絡だった。

スティーブは通話を切ると、墓碑の残骸を撫でた。

荒れた手に、花崗岩の石片はひんやりと冷たい。欠片（かけら）を拾い上げると、虫たちが散っていった。彼は心の中でつぶやいた。信仰を決めるのが場所だと言うならば――あの場所は、無神論（アセイズム）の場所などではなかったんだ。あそこは俺にとって、最初から最後まで、シェリルの場所だったんだ。

久しぶりに再会したンコボは、スティーブより若々しくさえ見えた。彼はソウェト地区に工房を作ると、たちまち二百人近い技師を従えるようになった。ンコボはスティーブの顔を見ると、おかげで大繁盛だ！　と叫び、現場へ彼を案内した。

「……でもよ、シェリルは残念だったな」

「三十年以上も一緒にいたんだ。この国にしちゃ、幸せなほうさ」

必要な作業はほぼ終わっていた。

修理可能なものは修理され、そうでないものもパーツを組みあわせ、二千体弱のＤＸ９が稼働可能な状態となっていた。新しいファームウェアも、あらかた焼きこまれている。

「嬉しいぜ、俺の研究が役に立つんだ！」

「実用化したのはシェリルだ」

スティーブが釘を刺すと、ンコボは露骨に不機嫌そうな顔を返す。

研究の名は、人-機械互換アダプタ（マン・マシン）――それをシェリルが拡充し、研究室止まりだったものを製品レベルに押し上げた。しかしデータやプログラムを貸金庫に預けたまま、シェリルが不慮の死を遂げ、これまで忘れ去られていたのだ。

奥の倉庫で、起動済みのＤＸ９たちが彼を待ち受けていた。同じ顔。同じ声。そして、同じ色。

「来たか。――ムコロシよ」

かつての二つ名でスティーブを呼ぶ人物が、アフリカーナーの元指導者だ。信号処理のエンジンが歌唱用途に最適化されているためか、あるいは先進国の富裕層のために甘みを帯びた声色に設定されているためか、口調にはぎこちなさが感じられた。

シェリルの研究の存在を知らせてきたのが彼だった。

研究がまとまったところで、シェリルは一通の提案書を同朋のアフリカーナーに送っていた。最初、彼らはこの提案を無視した。だが状況が変わるにつれ真剣に議論されはじめ、ついには指導者が承認するに至った。

シェリルが最初からこのワーストケースを見据え、研究をしていたことは明らかだった。それは先見的な提案だった。先見的だからこそ、残酷でもあった。

シェリルは、どのような祈りをこめ、ンコボの研究を引き継いだのか。

「まもなく、希望者全員の書きこみが完了する。……本当によかったんだな」

「この選択しかないのだ」

スティーブは目を逸らした。どうあれ自分は、ホロコーストを起こした側の指導者なのだ。相手がつづけた。

「わたしたちとて、五百年近い時間をかけて学んできた。その結論がこれだ」

「だが……」

「わたしたちは、民族であることをやめる。五百年の流血を止めるのに、これ以上の手があるものか！　まして、新しい人(ニュー・マン)に生まれ変わろうというのだ。後悔はない」

　本当はスティーブは聞き知っていた。この指導者が、処刑を前に見苦しく抵抗したことを。そして最後には、ヨーロッパに隠し口座があるからと叫ぶ愛人の首を絞め、そのまま二人まとめて銃殺されたことを。人はそう簡単に覚悟など決められない。たとえ、もう一人の自分が生き延びるとわかっていても。追いつめられ、自爆テロしかなくなった民であっても。

　——いずれは、民族ごと消滅するとわかっていても。

　よりよい解決策がなかったのは、スティーブの力が及ばなかったからではないか。

　人格すべての転写が終わり、DX9は貨物列車で旧ナミビア領のナミブ砂漠へ運ばれた。スティーブはンコボとともに列車に乗りこんだ。南ア白人のエクソダス、新たな大移動(グレート・トレック)。自分には、それを最後まで見届ける義務があると思った。

　朝日が世界最古の砂漠を照らしていた。

　とても人が住める場所ではない。だが、DX9であれば生存できる。DX9は列をなし、一体、また一体と砂丘を越えていった。砂漠の果て、彼らの新たなホームランドへ。DX9は相互にメンテナンスをしながら、ゆくゆくは自治をするという。

　砂漠のあちこちでソーラーパネルが明滅した。これが新たな国家となるのか、あるいは、経済原理に呑まれ離散していくのか。そんなことはスティーブにもわからない。

列の一つが止まった。

列車から地面を凝視したまま、どうしても最初の一歩を踏み出せない者がいた。それを中心にざわめきが広まり、次第に苛立ちや不安が呼び起こされた。押しあいや喧嘩の声がした。

そのときだった。

スティーブの傍らで静観していたPP2713が、意を決したように皆の前に立ち歌い出したのだ。

細い、小さな声だった。だが、群れはいつしか静まっていた。何体かが歌に加わった。歌は個体から個体へ伝わり、やがて大きな合唱となった。躊躇(ためら)っていた一体が、ようやく決心して地に降りた。

われらの天空から、逆巻いては砕ける深い海から
岩々が切り立ちこだまを返す、その果てしない山脈を越えて
牛車がきしみ、轍(わだち)を切りつけながら走る荒野から
大地は叫びを上げるのだ
まっすぐに受け止めよう

汝の叫びを、生きるか死ぬかの汝の意志を――

歌は砂漠の向こうにまで広まり、ついには地を震わせた。それは黒人にとっての悲しみの歌。アフリカーナーにとっての、失われた祖国の歌。――人類の負の遺産。

アパルトヘイト時代の南ア国歌なのだ。

ＰＰ２７１３が歌い終えるのを待ち、行こうか、とスティーブが声をかけた。

「御主人（マスター）、なんなりと」

そのような言葉遣いはしなくていい、とスティーブは応えた。それは昔この国で、黒人が白人に対して使っていた言葉なんだ。

「あの歌はシェリルが？」

ＰＰ２７１３は応えず、曖昧な笑みを浮かべた。スティーブが手を差し出し、ＰＰ２７１３は迷ったのち、その手を握り返した。

だが、どこへ行こうというのか。共に修羅の道を歩んでくれとは言えない。かわりに、スティーブは口にした。スラムでの少年時代に、一番最初に彼女に送ったのと同じ言葉を。

――助けになりたい（メイ・アイ・ヘルプ・ユー）。

主要参考文献

『カマキリと月――南アフリカの八つのお話』マーグリート・ポーランド著、さくまゆみこ訳、福音館書店（2004）／『おまえの影を消せ――南アフリカ時の動きの中で』ジョーゼフ・リリーヴェルド著、越智道雄、川合あさ子、藤田みどり訳、伊藤正孝監修、朝日新聞社（1987）／『母から母へ』シンディウェ・マゴナ著、峯陽一、コザ・アリーン訳、現代企画室（2002）／『自由への長い道――ネルソン・マンデラ自伝 上・下』ネルソン・マンデラ著、東江一紀訳、日本放送出版協会（1996）／『俺は書きたいことを書く』スティーヴ・ビコ著、峯陽一、前田礼、神野明訳、現代企画室（1988）／『二〇一〇年の南アフリカ』伊高浩昭、長崎出版（2010）／『南アフリカを知るための60章』峯陽一編、明石書店（2010）／『南アフリカ「虹の国」への歩み』峯陽一、岩波新書（1996）／『アフリカ・レポート――壊れる国、生きる人々』松本仁一、岩波新書（2008）／『南アフリカの衝撃』平野克己、日経プレミアシリーズ（2009）／Calvin: Commentaries Volume XXIII, Jean Calvin, Joseph Haroutunian, Christian Classics Ethereal Library, 1958／Welcome to Our Hillbrow: A Novel of Postapartheid South Africa, Phaswane Mpe, Ohio University Press, 2011／Cry Freedom, Richad Attenborough, Universal Pictures, 1987／Tsotsi, Gavin Hood, Miramax Films, 2005

ロワーサイドの幽霊たち

Our Brief Eternity

1

はじめてタワーを訪れた日も、濃い霧があたり一帯を覆っていた。

永住権を申請するため、両親とともにここへ来たのだ。家族三人、地下鉄の〈灰色のL〉でロワーサイドに渡った。一家の住まいはブルックリンにあった。地価が上がり、マンハッタンのウクライナ人街に新たな移民は住みづらくなってきていた。

父親はナップザックを抱えながら、ぶつぶつと口のなかでつぶやいていた。審査官の質問に答える練習だ。

母親は審査官になりきって、十歳のビンツに質問を浴びせてきた。

「アメリカとウクライナ、どっちが好き?」

本番でミスをしないため、この一ヶ月のあいだ、ことあるごとに質問はなされた。なるべく不意を打つよう、食事やゲームの最中に。

物心がつくかつかないかのころに移住したため、ウクライナの記憶はない。それなのに、アメリカ、と答えることには不思議な抵抗があった。

父さんと母さんとじゃ選べないでしょ？　とビンツは答えた。

気の利いた返答のつもりだった。

両親は作り笑いをした。

――申請はあっさり終わった。アメリカとウクライナのどちらが好きかと訊かれることもなかった。長丁場を想定していた一家は時間を持て余した。そのうちに母親が展望台に上ろうと言いだし、皆でエレベーターに乗りこんだ。霧が濃く、街は見えなかった。

三人はベンチに並んで水筒に詰めた粥（カーシャ）を食べた。

まもなく親が離婚し、ビンツは父親に引き取られた。先立って永住権の申請をしたのは、そのほうが有利だと考えたからだそうだ。

それが家族が揃った最後となった。


モーゼス・キング、編集者（一九〇三年）――近い将来、ニューヨークは超高層の摩天楼シティとなるであろう。ブロードウェイ五十丁目にあるニューヨーク初の鉄骨ビル、タワー・ビルディングは高さ百二十九フィート（約三十九・三メートル）、十階建てで、建築当時は〝高層〟ビルとされていたものだが、今やマンハッタンでは十一階以上のビルは千四十八もある。[1]

いま、ビンツは北棟七十八階のオフィスにいる。視界は悪い。いつになく霧が濃く、窓の外にはぼんやりとマンハッタン島の輪郭が見えるのみだった。

――七十八階はスカイロビーと呼ばれ、エレベーターの乗り換え地点にあたる。

当初、この場所にはカフェや休憩所が作られるはずだった。しかしビルを管理する湾岸公社は収益を優先し、スカイロビーに小さなオフィスが密集して入ることとなった。

その一角で、ビンツはしきりに時間を気にしている。

待ち人が来ないまま、始業時間が押し迫っていたのだ。

薄い壁を通して、朝の喧騒がオフィスにまで入りこんでくる。

始業前のコーヒーを飲みながら、ビンツは窓越しの景色を眺めた。正確には、北棟と南棟のあいだにある、巨大なドアの隙間のような細い縦長の空間を。

かつて永住権の申請に訪れたとき、母はビンツに謎々を出してきた。

「――二つのタワーのあいだには何があると思う?」

「広場じゃないの?」

世界貿易センターは六棟の建物からなる。そのうち第一棟が北棟、第二棟が南棟。映画や絵葉書にもあるツインタワーだ。その中間には、憩いの場を目的とした広場が作られている。

「もっと大切なものよ」

と母親は首を振った。結局、答えを聞かされることはなかった。

……外の景色はビンツが知るものとは異なっていた。

ブロンクスの台頭やアーティストたちの退去。そして、経済格差が生んだダウンタウンのスラム化――ビンツは二〇〇一年九月に死を迎えたため、こうした街のその後の変化は知らない。


ウルフ・ボン・エカート、美術・建築評論家（一九七三年）――私たちはタワーの醜さから逃れることはできない。今日、人類が構築した最も高いビルは、人類が造りだした素晴らしい高層ビル・コミュニティを脅かす存在になっている。百十階建ての塊はぶっきらぼうで、優雅さを欠いた粗野な姿をマンハッタンの西の端に晒している。その姿は支えることのできない大きさと傲慢さで傾くかのようだ。(2)

クリアストリーム銀行。アメリカ船級協会。カー・フューチャーズ。クレディ・アグリコール・インドスエズ銀行。キャンター・フィッツジェラルド。コスモス・インターナショナル。メット・ライフ。エーオン。みずほキャピタル・マーケット。

貿易センターに国際色が出てきたのは、一九八〇年代に入ってからのことらしい。人種の坩堝。あるいはサラダボウル。

同僚も、友人も、大勢がこの理念を真剣に信じている。まるで、成人してからもサンタクロースを信じるみたいに。いずれにせよ、マンハッタンはいまも色彩に溢れている。文化も言語も血もイデオロギーも混ざりあい、境界の溶けた、来るべき人類の姿。それが草の根から生まれた共生の理念ではなく、アメリカ政府が打ち出した人種政策にすぎないのだとしても。

……携帯端末がワールドニュースのプッシュ配信を受けた。

トップの記事は、南アフリカの内戦についてだった。

日々は忙しく、ニュースはほとんど見出しをなぞるだけで終わる。

国際面など、取引先との話題にもならない。それでもワールドニュースの配信を受けるのは、意地のようなものだ。あるいは、強迫観念。多様な色彩の街に住んでいながら、憶えてもいないはずのウクライナは、いつしかビンツの心の拠り所になっていた。

デヴィット・N・フランク、セールス・マネージャー、事件を振り返って――あちこち探して、便箋が見つからないな、と思ったそのとき、轟音とともにビル全体が揺れたんです。すぐ上の階の窓ガラスが吹き飛ばされ、炎に包まれた破片や、大量の事務用紙が飛び散って、それが紙吹雪のように見えました。爆発はすごい閃光で、金属臭く、耳をつんざくような轟音でした。と同時に、ビル全体が唸り声をあげながら、南側へ傾いで、まるで劇的なスローモーションの中にいるようでした。すべっていかないように足を踏ん張りました。(3)

外壁に立ち並ぶ柱が朝日を受け、床に縞状の影を落としていた。テナントの面積を増やすため、貿易センタービルは鉄骨を内でなく外に配置している。それがこの三フィート間隔の支柱だ。毎日来る者に安心感を与えるためらしいが、ビンツにはむしろ檻のようにも見える。

時計を見て、まだ待つべきか思案する。やりかけの仕事が頭をよぎった。

仕事は古いカーナビゲーションシステムの見直しと再設計だ。場当たり的な増設の結果、人が読めるものではなくなったプログラム。そのOSを切り替えるにあたり、ビンツの会社が再設計を受注した。

オフィスは広くない。オシロスコープや製品モック、イン・サーキット・エミュレータが所狭しと並べられ、食事を取るにも、まずキーボードをどかす作業からだ。同僚たちは言葉も交わさず、ディスプレイに向かっている。

まるでホワイト・アスパラガスの畑だが、この雰囲気がビンツは嫌いではない。

「ねえ」

と声をかけられた。上司のティナだった。

「ガールフレンド、まだ来ないの？」

「親父に呼ばれたんだ」

昨夜メールが入り、始業前に会いたいと言ってきたのだ。

「ふうん」こちらの訂正を受け、ティナはまじまじと目を見つめてきた。「あなたのお父さんって、何してるの」

「大学の先生」

父はビンツに研究をさせたかったようだ。いまの職には、ことあるごとに反対してくる。

「行動分析学とか、そんなことをやってるらしい。でも、連絡が……」

「始業、遅らせてもいいけど？」

迷っていると、「孝行しときなさい」と教師のようなことを言ってくる。

そうは言っても、用件も知らされていないのだ。いつもその調子だった。喧嘩ばかりで、親子の会話も少なかった。そりのあわない父親だった。しかし、わざわざ職場までやってくるのは珍しい。あるいは、再婚話なのではないか。

「……そうさせてもらうよ」結局、ビンツはそう応えた。

「また後でね」

荷物を置いたまま、その場を後にした。背後でティナが手を振る。その表情が逆光に溶けた。

アスパラガスの畑には一輪の花がある。


ジョージ・スレイ、造船技師、事件を振り返って――あの日を思い返すと、多くの「もし」が頭の中を駆け巡ります。もし、機体があと一階下に突っ込んだらどうなっていたか？　私は死んでいたでしょう。その階にいた人は全員そうでしたから。もし、私のオフィスがその階の少しでも東に寄っていたら？　もし、ビルから抜け出せずに百六階にいたとしたら？　……言い出せばきりがありません。(4)


エレベーターの前で携帯端末を確認する。

着信はない。

電波状況が悪いのかもしれない。まずは、約束の一階ロビーに降りてみることにした。

――ビンツは知らない。父は実際に来ていたのだが、ロビーはいくつもある。それで、間違えて南棟に入ってしまっていたことを。

エレベーターの階数表示がじわりと瞬いた。

牢獄のような外壁の支柱は、地階付近でアーチ状になり、やがて三倍の幅に広がる。その麓(ふもと)を、朝のざわめきが満ちては引いていった。

仕事のしすぎだろうか、頭はすぐにソフトの設計を考えようとする。

夏の終わりの大気がロビーに入りこんできていた。

デイビッド・ポトーティ、ジャーナリスト、テレビライター、プロデューサー（二〇〇三年）――わたしたち遺族の大部分は、悲しみに対処するために、テレビやラジオのスイッチを切った。しかしながら、ある者は、悲しみの公的性格を認識して、犠牲者の家族が抱かなければならない伝統的な感情とはしばしば相容れない声明を発することによって、死者を贖い出す［redeem＝キリストの十字架死に因み、自己犠牲を通して他者を救うとの意。ここでは9・11テロの犠牲者の死には贖罪死の意味があるゆえ、そのような存在者として位置づけるとの意］道を選んだ。(5)

一家が移住してきた日をビンツは憶えている。

ビンツは五歳だった。

アパートの壁が薄く、一日中、どこからか生活の音が聞こえてきた。昼間は仕事にあぶれた住人が酒を飲んでは怒鳴り、そこらじゅうから夫婦や兄弟の喧嘩の声が聞こえてきた。

最初の晩は電気がなく、母が近くのスーパーマーケットで買ってきた蠟燭を床に立てた。

　雨だった。

　父はビンツの学校を気にしていた。ただでさえ移民が問題になってきているなか、新しい子供を受け入れてくれるのか。

　隣の部屋が日系の移民だったので、顔見せの挨拶がてら、父が学校のことを訊ねた。

「大丈夫です」とその日系移民は応えた。「この国は、親が難民だろうと犯罪者だろうと子供だけは受け入れる。……アメリカのいいところの一つですよ」

　その通りだった。ほとんどなんの書類もなく、ビンツは学校に受け入れられた。

　家具は一つひとつ増え、最後に、ブラウン管のテレビが居間に置かれた。

　学校が早く終わると〈ガジェット警部〉の放送が見られる。それがビンツの楽しみになった。父はあてのない研究に時間を割き、母がデリカテッセンで働いた。二階に住む退役軍人が何かと世話を焼いてきた。愚痴や小言は多かったが、不自由はなかった。

　いまはない景色をビンツは求めている。

　だが、もう失われたのが人か場所かさえわからない。――移民の多くが、そうであるように。


ミノル・ヤマサキ、世界貿易センタービル設計者（一九五八年）――私は人生に秩序というものを与えることができなかった。何かが欠けていると感じ、それを探し求めてきた。しかし、誰しも劣等感は感じているものだ。胃潰瘍が私に自分の劣等感が何だったのかを教えてくれた。それはつまり、私が日本人であるということだ。(6)

2

せっかくの空き時間だ。

朝に立ち寄れなかったデリカテッセンで、ベーグルを買うのもいいかもしれない。

ビンツはロビーを出ようとして、脚を止めた。外では数百という群衆が、何をするでもなくビルの前に立ち並んでいたのだった。ときおり、何名かがぎくしゃくと動きだし、ビルに入ってくる。

どうしてか、敷地を出てはならない気がした。ビンツはデリカテッセンを諦め、父親に電話を入れようとする。つながらず、広場で休むことにした。広場は市民の交流の場になるはずだったが、風に晒され、いつも人気は少ない。休むには好都合だった。

九月九日問題のせいで睡眠不足のはずだった。

二〇〇一年九月九日問題――コンピュータ内の経過秒数が、九桁から十桁に切り替わる瞬間だ。幸い不具合は出なかったが、プログラムのチェックを終えた後は、十日いっぱいのあいだ、休みなしで待機することとなった。だから、今日は大勢が代休を取っている。

海風が吹き抜けた。

一羽の鳩が寄ってきた。鳩はしばらく足下で啼いていたが、何ももらえないとわかったのか、やがて施設の外の靄の向こうへ去っていった。

武藤崇、立命館大学文学部人文学科（二〇〇九年）——行動分析学は、アメリカの心理学者スキナーが創始したユニークな心理学（行動科学）です。そのユニークな特徴を列挙すると、①研究の対象は行動それ自体であり、行動を通して心ないし意識や認知あるいは脳の働きなどを研究する学問**ではない**、②行動に関するすべての出来事を、同一の理論的枠組みとできるだけ少ない共通の原理で分析する、③行動の原因を、個体の内部に**ではなく**、個体をとりまく過去および現在の外的環境のなかに求める（文献3、p.3）、となります。[7]

ビルの前に並んでいた一人が、ピンツの姿を見て駆け寄ってきた。

同僚のブライアンだった。「そうだ」とショルダーバッグを探りはじめる。

「前に話したCD、持ってきたよ」

そう言って、ブライアンはばつが悪そうに笑った。

「借り、返したことにしてくれないか？」

「考えとくよ」

かつて自分自身をアスパラガス、ティナをローズと呼んだメールを書いたことがあった。そして、ブライアンが社内に一斉転送したメールに、ビンツのその文面が紛れていたのだ。笑い話だが、このことをブライアンは気にしている。

立ち去ろうとする同僚をビンツは呼び止めた。

「変な質問なんだが……。二つのタワーのあいだにあるものって、なんだろう？」

「タワーって、これのことか？」

ブライアンは上を指さしてから、しばらく考えこんでしまった。

「いや、気にしないでくれ」とビンツは首を振る。

「……〈過去〉じゃないかな」

ブライアンは言う。前世紀、ニューヨークは急速に近代化していった。一九七二年に完成した世界貿易センターはその象徴だった。同時に、人々は去りゆく景色を惜しんだ。

「二つのビルのあいだには、去りゆく古いニューヨークの景色があった」

ビンツはうなずいて、借りたばかりのＣＤのジャケットを見てみようとした。ＣＤはなかった。タワーのあいだへ目を向けるが、景色は霧に隠れて見えない。

その向こうには、ウォール街があるはずだった。

バラス・フレデリック・スキナー、行動分析学の創始者（一九七一年）――人間に関するもろもろの事柄の複雑な世界に関する実験的分析の視角からの解釈は、疑いなく単純化のゆきすぎであることが多い。主張は誇張されており、制約は無視される。しかし精神状態、感情、その他自立的人間の諸局面に訴える伝統的見解こそ、ほんとうに大きな単純化のゆきすぎであって、行動分析がそれにとって代わりつつあるのだ。[8]

――経済の島。

最初にここを支配したのは、植民者のオランダ系商人だ。それから、ニューヨークは商業都市として発展しつづけた。起源からして、この島にふさわしいものだ。それによると――先住民のインディアンから二十四ドルで島を買った。

この「神話」にはもう一つ意味があるとビンツは思う。

金を失うと、いまある場所を失う。

この起源を最初に聞いたのは小学校の遠足だ。マンハッタンの北端のインウッド・ヒル・パークに連れられ、班ごとに分かれてインディアンの家を作るという課題を出された。面白くもない課題であるし、だいいち一時間かそこらで家ができるわけがない。ハドソン河とハーレム河が交差する前で、ビンツたちはリリースされたばかりのTVゲームの話をした。

ビンツたちはふざけて相手を河に落とそうと押しあった。女の子が悲鳴をあげた。それを教師が聞きつけた。教師が言った。

「ワン・ストライク。あと二つでアウトだからな」

帰っていいの？　とビンツは聞き返した。

それが二つ目のストライクになった。

教師は黒曜石の矢尻を拾いあげ、かつて島にいた先住民の話をした。それからお決まりのお説教。わたしたちの祖先は、インディアンから二十四ドルで島を買い叩いたのです。

いま振り返れば、そうそう矢尻など見つけられるはずはない。

だから、あれは捏造であったのかもしれない。本当のところ、二十四ドルという数字も疑わしい。実際に受け渡されたのは、ナイフやガラス玉だ。それを後世の歴史家が、なんとなく二十四ドルくらいであると試算した。しかし、特に異論を唱える理由や材料があるでもなく、そのまま語りつがれている。

時間が迫ってきたので、ビンツたちは一本のロープを木にかけて輪を作った。枝を立てかけて壁を作ろうとしたが、枝が足りず、これでよしとした。インディアンの家の完成。心許なかったので、皆で確認しあった。

「これは家だよな？」

「上出来さ」

ロープを張っただけの家を見て教師は閉口したが、家を作るだけの時間がないことなど百も承知だ。新たなストライクにもならなかった。

時間が来た。

号令とともに、ビンツたちはロープを外した。インディアンの家の崩壊。

ローレンス・ライト、ライター（二〇〇六年）――エジプトのアレキサンドリアからニューヨーク港を目指す大型客船の一等船室に、華奢な身体つきをした中年の作家兼教育者がすわっていた。名をサイイド・クトゥブといった。彼はいま、信仰の危機を迎えていた。「アメリカにむかうごく普通の留学生のように、奨学金をもらい、食べて寝るだけの生活を送るべきか、それとも特別な暮らしを目指すべきか」思案はつづく。「多くの罪深い誘惑に直面しても、イスラムの教えを堅持すべきか、それとも見渡すかぎりの誘惑にそのまま浸ってみるべきか」と。一九四八年十一月のことだった。（中略）クトゥブが唱えた思想は、のちに「イスラム原理主義」と呼ばれるものの源流と見なされるようになるが、その元となる考えは、当時のクトゥブの頭には毛ほども存在しなかった。(9)

中学校（ジュニア・ハイスクール）に上がったころ、ビンツはクラスのユダヤ人の女の子とつきあいだした。つきあうと言っても、学校を抜け出して映画を見に行ったり、ガス台でマシュマロを焼いたりだ。

まもなくビンツは一つの事実に気づかされた。

五歳まで外国にいた彼には、相手の名前が発音できなかったのだった。名前を呼ぶと、相手は違うと言う。しかしビンツの耳には、何が違うのかもわからない。やがて、何を言っても嘘であるような気がしてきた。話すほどに、距離が遠く感じられた。

ビンツは父親にこのことを打ち明け、いっそウクライナに帰りたいと言った。

返答は冷淡だった。

「逃げるな」

父はこうも言った。好きあっているなら、名前の発音など問題にならないだろうと。それは正論には違いないが、思春期にあっては受け入れがたい大問題だった。

知ったようなことを言うな、とビンツはやり返した。父さんだって結婚に失敗したじゃないか。

二人は睨みあったが、それ以上言葉は重ねず、それぞれの部屋へ戻った。

――ハロウィンの夜だった。

彼岸の門が開くとされる晩。幽霊の仮装をするのは、精霊や魔女から身を守るためだ。

アンガス・K・ギレスピー、ラドガーズ大助教授（一九九九年）――キング・コング2で撮影の場所がエンパイア・ステートビルから世界貿易センターにビルが代わったことは、アメリカのポップ文化に大きな影響を及ぼしたといえる。映画は、私たちが世界貿易センターに魅了されていた証であり、ツインタワーが一般のアメリカ人の間で、国の新たな象徴となった証明でもあった。一九七六年に発表されたキング・コングのポスターは大評判となり、プロデューサーのもとには二万五千枚のフルカラーポスターの注文が殺到した。ポスターはキング・コングがツインタワーにまたがり、右手で飛行機を握りつぶし、左手で女優のジェシカ・ラングを抱えている構図だった。(10)

ビンツはゆっくりと目を開けた。まるで長い間眠っていたようだ。それでいて、ごくわずかしか経っていない気もする。鳩が群れ、誰かが撒いたパン屑をついばんでいた。いつもの光景、いつものタワーだった。もう一度、父への電話を試みる。端末はスマートフォンの流れを汲む古い機種だ。使いかたは、ビンツにもよくわからない。番号が使われていません、と録音が流れた。

かけ直すが、結果は同じだった。

ビンツは北棟を上ってみることにした。

ロビーの万国旗をビンツはくぐる。北棟の待ちあわせ場所といえば、一〇六階の展望レストラン、〈ウインドウズ・オン・ザ・ワールド〉だ。あたってみる価値はあるかもしれない。

ビンツは直行エレベーターに乗りこんだ。

——記録では、北棟九十二階より上に生存者はいない。

その日、大勢が「もし」を思い描いた。もし、階段を降りはじめるのがもう少し遅かったら。出かけようとする家族を引き止めていたら。飛行機の突入があと数分遅ければ。しかし、ほとんどの物事は予測できないのに、それでいて人の行動は変わらず、予測可能ですらあるのだ。

いつでも。


杉山尚子、山脇学園短期大学助教授（二〇〇五年）——スキナー自身は、第二次世界大戦中に、視覚に優れたハト三羽をミサイルに乗せ、スクリーン上に投影された標的をクチバシでつつくことによってミサイルを誘導させるプロジェクトに着手し、さまざまな改良の末、実験室内のシミュレーションでは高い精度のデータを得た。しかし、ハトによるミサイル誘導などという荒唐無稽な発想は、一部を除く軍関係者には冷笑をもって迎えられ、実戦に投入させることはなかったから、戦力としての実際の効果は不明である。(11)

3

『ニューヨーク東8番街の奇跡』は街の近代化の物語だ。

舞台は開発が進むニューヨークのダウンタウン。そこでいままさに、一軒の古いアパートが壊されようとしている。カフェを営む老人、ガールフレンドの出て行った画家志望、ミュージシャンの帰りを待つ若い女性、内気な元ボクサー——住人はそれぞれに問題を抱えながら、地上げのギャングに頭を悩ませている。

映画の公開は一九八七年。

マンハッタンを改装し、古いアパートメントを取り囲もうとする二本のビルは、世界貿易センタービルの新しい二つの塔を連想させる。

もっとも、現実のツインタワーの狭間にあるのは古いアパートではない。奇妙なオブジェの置かれた、殺風景な広場があるのみだ。

築山晋一郎、ＤＸ９開発リーダー（二〇二七年）――社長は最初から楽器ではなく人間らしいロボットを造ろうとしていました。しかし人間らしいということは、グロテスクでもあるのですね。そこで注目したのが歌でした。ＤＸ９は歌を経由することで、ロボットらしさと人間らしさを橋渡しするのです。ただ、流通が楽器扱いであるのは偶然です。家電の問屋が引き受けてくれなかったのですよ。それで、社長が独自に楽器の問屋をあたって、楽器として流通させることになりました。ここだけの話、社長以外は誰も売れるとは信じていませんでした。


その日、〈ウインドウズ・オン・ザ・ワールド〉の顔ぶれはどのようなものだったか。

まず、毎週火曜に集まる投機家たちがいた。そのうちの一人、エメリック・ハーヴェイは、このレストランでミュージカルのチケットを受け取る手筈になっていた。

湾岸公社取締役のニール・レヴィンは窓際で食事を摂りながら、自由の女神像を眺めていた。彼は食事を摂っておらず、女神は霧に隠され見えなかった。席を予約したのは彼の秘書だ。その日は友人の銀行家と会う予定だった。

毎朝ここで食事を取っているのは、湾岸公社警察の副警視正、マイクル・ネスターだ。それから、部下のリチャード・ティアニー。隣のテーブルには〈ロワーマンハッタン文化評議会〉のトンプスン会長、そして〈シルヴァースタイン不動産〉の重役のジェフリー・ウォートンがいる。

その全員が、ここにいると同時にいなかった。


ステファニー・シモンズ、再開発プロジェクト主任（二〇三六年）――ビルには物干しのロープが張りめぐらされ、まるで大きな一つの蜘蛛の巣のようでした。考えられますか、電気も水道もないのです。八〇年代のハーレムみたいに。格差が進んで、マンハッタンに住めるだけの金持ちが足りなくなった。それで、人と土地ばかりが余っているのですから、当然といえば当然のなりゆきです。……マンハッタンという場所には、スラムに転じようという力が歴史上常に働いている気がします。ダウンタウンにはわたしたちも手を焼きました。


商談や世間話、注文を取る声に混じり、ときおり笑い声が響いた。

誰一人、商談も世間話もしておらず、また誰も可笑しいとは思っていなかった。

ウエイターの一人に、ピンツは駄目で元々で訊ねてみた。――父を探しているのですが。

念のため、フロアも見渡してみた。すべてが同じ顔だ。

相手は申し訳なさそうに首を振った。

「……何かのパーティですか？」とビンツは訊ねた。

「商談会があるのです」

同じフロアの商談会には八十七人の参加者がいた。

〈メリル・リンチ〉や〈UBSウォーバーグ〉の重役たち――レストランの七十九人のスタッフはほとんどがその会場に詰めていた。そのすべてが同じ顔をしていた。

ギルバート・O・シャーマン、〈四十周年（フォース・ディケイド）〉企画担当（二〇三八年）――もちろん企画に賛否があることは承知しています。しかし、そもそもグランド・ゼロにツインタワーを再建したときにも賛否はありました。それでも、四十六パーセントの市民が賛意を示した。今回のセレモニーは、五十一パーセントが賛同する未曾有の特需です。再開発が成功するか失敗するかの一つの肝と言えるでしょう。もちろん、危険はないよう万全を尽くします。カラード――失礼、近隣住民にはあらかじめ避難勧告を出しますし、たとえば通信インフラにはダミーを挟みますので、電話が麻痺するような事態も起きません。

スタッフの顔、そしてときおり目に入る自分の身体はビンツを戸惑わせた。

このようなテクノロジーを彼は知らない。正確には、記憶にはないが知識はある。これはDX9と呼ばれるロボットだ。通称、歌姫。富裕層の家庭をターゲットにした、歌を歌う機械。

記憶と知識が乖離していた。

たとえば、いまは二〇〇一年のはずだ。しかし、内蔵のタイマーはそれとは違う日付を指している。

霧は晴れてきていた。

目に入る景色は、ニューヨーク市だ。その点は間違いなさそうだった。

ルイーズ・ロッシ、ランドリー店経営、地元の反対の声（二〇三八年）——ええ、もちろん反対しましたとも。理由？　9・11に反対するのに理由が必要なのですか？　私もあの事件で父を失った。そりゃ、再開発の気運が高まることは理解できますよ。老朽化したビルにビザ切れの移民が集まっているんですから。でも現実に私たちはここに住んでいるのです。少なくとも、もう一度飛行機を突っこませる合理的な理由がどこにあるんですか！　ギルバートも、ズールとかいう大学の先生も、どれだけ偉いのか知りませんが私に言わせればクレイジーです。

感覚的に受け入れがたい事態だった。

　しかしエンジニアとしてのビンツは、目の前の光景に一つの答えを出していた。自分が突如DX9になったのではなく、ビンツという人間の記憶がDX9に植えこまれたと見るのが合理的だろうと。

　遠く、北の空を飛行機が接近していた。

〈ウインドウズ・オン・ザ・ワールド〉の店内で、ニール・レヴィンは新聞を読みはじめている。ときおり、公社警察のネスターがその様子を窺って(うかが)いた。

　この数分後、ネスターは百七階を出る最後のエレベーターに乗ることになる。

　ビンツはふたたび父への電話を試みた。正確には、そうしなければならない気がして、考えるより先に手が動いた。相手の番号は使われておらず、その旨の録音が流れるはずだった。

　電話はつながった。

　リチャード・D・オブライエン、東岸平和党代表（二〇三八年）――結果として、わたしたちが最初にフォース・ディケイドに賛同する団体となった。もちろん、被害者遺族の感情を逆撫でするという意見が出るのは理解できる。しかし、熱烈な賛同者もいるのだし、こうした試みがPTSDに効果があるという専門家の意見も聞く。結局、わたしたちは支持層の声を代弁するだけだ。いずれにせよ、わたしたちにとって火急の問題は、内側に人種問題を抱えながら、それでいて外側に共通の敵がないことだ。わたしたちの側にも、わたしたちなりの事情や理念はあるのだ。

「久しぶりだな」

とその電話の声は言った。

「この瞬間、おまえが電話をかけてくることはわかっていた。だが、残念ながら時間がない。状況と用件を手短に伝える」

——声はつづける。

ビンツのいる場所が、世界貿易センター北棟の展望フロアであること。ビルにいるのはすべてDX9と呼ばれるロボットであり、行動があらかじめプログラムされていること。これからビンツが自由に行動できるよう、ガードを外す予定であること。

そして、六分半後、そこに飛行機が衝突する——はずだったこと。

「飛行機が軌道をそれた。目標は不明だが、ミドルタウンのエンパイア・ステート・ビルディングに向かっている可能性が高い」

テロリズムだ、と電話の相手は言う。

「正確には、飛行機を操縦しているDX9、モハメド・アタの行動が何者かに乗っ取られた。わたしたちは再度の乗っ取りを試みたが、対象がDX9であるために、うまく遠隔で制御できない。そこで、同じ機種であるおまえに協力を要請することにした。……いま、最後のガードを外す」

その瞬間、大量の身体情報が流れこんできた。ビンツはバランスを崩し、その場に転んだ。慌てて、電話を拾いあげる。

「お父さん」咄嗟にビンツは口走った。

わずかな間があった。

「……下階の〈カンター・フィッツジェラルド〉に利用可能なネットワークがある。エレベーターは来ないので、階段を使え。正確な座標と必要なプログラムはこれから送信する。ただし完全な乗っ取りはできず、記憶がテロリストのそれと二重状態になる。その点に注意してほしい」

ここで唐突に相手は言葉を止めた。

電話越しに、懊悩が伝わってきた。

「不可解に思うかもしれない」とビンツの父はつづけた。「わたしが言っていることは、いまおまえがいる北棟に飛行機の照準を向けろということだからだ。しかし、検討を重ねた結果、おまえの自由意志にまかせる以外ないと結論が出た」

自由意志。

そんなものがあるのだろうか。

ズール・コトリャレーウシキー、ニュージャージィ工科大学教授（二〇三九年）——ソフトウェアの開発には万全を期した。このプロジェクトでは御存知のように、人数分のＤＸ９に——このロボットを採用したのは単純に予算上の都合だ——できうる限りの行動予定や初期条件、記憶をインプットする。あれほど大量のメールや通話が記録された事件もないからな。それだけでは細部が再現できないので、行動分析学の出番となる。これは簡単に言うと、暑いから窓を開けるといった振る舞いを、人の言語行動レベルまで拡張したものだ。このアプローチの利点は、大容量化といったテクノロジーの発展がそのまま分析の精度につながりうることだ。意識？　そんなものはノイズにすぎない。意識などというものがあろうとなかろうと、人類ごとき、容易にシミュレートできるというものだ。もっと言うなら、行動が先んじれば、意識程度のものは後からついてくる。

ビンツはエレベーターを待たず、非常階段を駆け下りる。オフィスでは何体ものロボットが仕事をしていた。正確には、仕事のふりを。皆、闖入者には目もくれず、ビンツが視界に入ってもなんの反応も示してこない。まるで、自分だけが世界から切り離されたように感じた。

だが現実は逆なのだ。

──残り六分。

ネットワークにログインし、ビンツは目をつむった。

直後、手は操縦桿を握っていた。正面にニューヨーク市が見えた。大西洋に帆を張った、一艘の船のような摩天楼の輝きが。ジェットの轟音に混じり、歌が聞こえてきた。

機体が傾いた。

ラルフ・ムサウイ、ニュージャージイ工科大学学生（二〇四二年）──先生は憑かれたようにプロジェクトにつきっきりになりました。9・11で息子さんを失ってから（頭を指さして）少し、おかしくなったと聞きます。行動分析学はぼくの論文のテーマではありますが、少なくとも、ツインタワーにいたすべての人間を再現するなんて不可能です。すべてのDX9が協調してはじめて意味をなす。しかし、一体が予定外の行動を取ると、連鎖的にデッドロックが起きてしまう。現実に起きた問題は、それ以上でした。何しろビルに突っこむはずの飛行機が、進路をそれてミドルタウンに向かったのですから！　率直に言って、新たな戦争を予感しました。

4

——生まれはエジプトのデルタ地帯だった。

モハメドの一家がアブディーン地区の裏町に移ったのは、彼が十歳のとき。下町のなかに大統領の宮殿がそびえる、奇妙な場所だ。家族と地域との交流は少なく、断食月（ラマダーン）の夜の軽食を隣人たちと摂った程度だった。

「わたしたちには、わたしたちの道がある」

というのが父親の言いぶんだ。

「必要以上の交流は望まない。それで、充分にやってこれたからな」

モハメドは小学校を飛び級で進級した。クラスではいつも二番か三番の成績だった。そのころの将来の夢は、エンジニア。のちのアルバイト先では、言われたことのみを完全にやってのけた。理科系の科目が得意で、デザインといった創造的な分野は苦手だった。

外出は許されず、勉強ばかりをして過ごした。

裏窓を開けて、近所の子供たちと話すことも多かった。それが、彼の数少ない遊びとなった。

このころは、まだ冗談を言ったり誰かと笑いあったりできた。

モハメドが大学へ進学した時期、一家はカイロへ移り住んだ。窓のない、冷房のきいた部屋をあてがわれた。そのとき彼は車を買ってもらった。

カイロ大学の工学部は首席卒業。しかしすぐに、最初の挫折が訪れた。就職先が決まらなかったのだ。

当時のエジプトは就職難で、どこに勤めるにもコネが必要だった。モハメドは就職に失敗し、博士号を取るためドイツへ留学させられた。だが、モハメドはカイロを離れたがらなかった。

――優しい、気の弱い子供だった。

母はモハメドを女の子のように育てた。身体つきも、女性的なところがあった。いつしか、モハメドは性を忌避するようになっていた。テレビにベリーダンサーが映るだけで、部屋に閉じこもった。その母は、モハメドの留学中に離婚して家を去った。

祖国にあるはずだった家庭は失われた。

そこには、近代化とともに消えゆくアラブ世界があるのみだった。

朝日新聞アタ取材班（二〇〇二年）――教授（ディトマー・マフーレ、ハンブルグ工科大教授）の最初の印象は、九〇年代初めに担当した都市建築史の講義のときである。ひときわ視線が気になる外国人学生がいた。それが（モハメド・）アタだった。講義に聴き入る様子が意欲にあふれていた。

授業が終わったあと、片言のアラビア語で「エジプト出身だって？」と声をかけたのを覚えている。アタのドイツ語はほぼ完璧だった。[12]

スーツケースいっぱいの荷物とともに、モハメドはドイツのハンブルグへ渡った。劇場やクラブ、性産業の街のまっただなかで、日に五回、モハメドは祈るようになった。信仰が異国での寄る辺だった。

彼は礼儀正しかったが、温かみを感じさせないところがあった。居候先の主人は彼を「鉄」と呼んだ。しかし、あるとき主人の孫娘が家にやってきた。その孫娘と遊びながら、モハメドは確かに喜んでいる様子だった。

「たった一回、彼が自由だった瞬間です」

その後、モハメドは学生寮に移る。

社交的な性格ではなかったが、議論にはよく参加した。それでいて、議論のさなかに黙りこんで熟考することが多かった。一週間も経ってから、意見を言うこともあった。発言は重く、はしゃぐようなこともなかった。

「政治の話には参加してこなかった」

とクラスメートの一人はのちに語る。

「モハメドはほかの学生とは違った。つまり、自らの手で世界を変えられると信じているような学生たちとはね」

モハメドは年長者には敬意を表したが、学生寮の仲間たちを見下すところがあった。それもあり、うまく仲間入りを果たすことはできなかった。

あるとき、寮の仲間たちが親交を深めようと皆でディズニーの映画を観ると言い出した。モハメドは皆の馬鹿騒ぎにじっと耐えたのち、やがて「カオスだ」と言い残してその場を去った。

父に持たされたクレジットカードがあった。しかし使うことはまれで、食事に金をかけることもなかった。馬鈴薯をまとめて茹でると、それを一週間も食べつづけた。

モハメドはルームメートにこぼした。食事は退屈なんだと。

掃除が苦手だった。

いつも同じような服を着て、一組の青いゴム草履を履いていた。

周囲の学生からすれば退屈な人物だった。ルームメートは、モハメドが去る日を待ち望むようになった。そしてガールフレンドに唆（そそのか）され、トイレにヌードの写真を貼った。モハメドは三ヶ月間耐えたのち、写真を外してもよいかと訊ねた。

朝日新聞アタ取材班（二〇〇二年）――ドイツ人学生はいつも、そんな研究室に遠慮もなく、ずかずかと入ってきた。「先生、ちょっと質問があるんだけど」。人が電話していようが、客と話していようがおかまいなしだ。しかし（モハメド・）アタは違った。廊下に立って部屋の中をのぞく。声をかけたりノックしたりせず、教授と目が合うまでじっと待っている。視線が合うとはじめて、彼はにっこりとほほえんで入ってくる。(13)

学生たちが彼を煙たがる一方、教師はモハメドに注目していた。

「ほかのムスリムの学生とは異なっていました」

と指導教官のディトマー・マフーレは振り返る。

「彼らの多くは、なかなか異なる文化になじめないものです。それで、極端に西欧化を志向したり、あるいは西欧文化の一部のみを切り出したりしがちです。しかしモハメドの場合は、出自を大切にしながら、それでいて新しい文化を学ぼうとする意欲が感じられました」

イスラム文化と西欧社会の双方から、モハメドは距離を置いていた。

カイロ時代、モハメドは人に夢を語ることはなかった。そんなモハメドが、ドイツの指導教官に夢らしきものを語った。それは都市計画に関わる仕事につくことだった。

近代化から古い街並みを守るために、西欧の手法を取り入れる。

時代の流れを受け入れながら、古い街並みを守ること。それがモハメドの目標となった。

卒論の題はこうだ。

「危機に晒された古都アレッポ――あるイスラム東洋都市の発展」

中扉にはコーランの一節が引用された。

留学中、モハメドはカイロに一時帰国し、三ヶ月の都市計画の研修を受ける。このとき、二千六百マルクの奨学金を得た。高層建築や広い道路といったカイロの都市計画をモハメドは憂えた。無批判に西欧型の都市計画を取り入れていると彼は思ったのだ。

この時期からモハメドはいっそう生真面目になり、周囲に笑顔を見せなくなった。


アレクサンドル・ブシャンティ、ルモンド紙カイロ支局長――ドイツで自らのアイデンティティーの危機を経験しなかったら、テロリストとしての彼は存在しなかっただろう。欧米で女性とのトラブルか何かを経験し、アラブ人を差別しているとひがむのは、ブルジョアのイスラム教徒だったらよくあることだ。彼もそうした一人だったのではないかな。[14]

モハメドは六年目に寮を追い出された。

寮を管理していたマンフレッド・シュローダーは、モハメドが去ることを惜しんだ。彼は学生から避けられていたが、モハメドとは仲がよく、ときには彼を部屋に招待し、茶やチョコレートを振る舞った。その彼に、モハメドは寮のことを相談した。

しかし学生が寮にいられるのは、六年までという決まりだった。

モハメドはモスクの仲間たちとともに、ハンブルグのウィルヘルムスブルグに転居する。

それは線路とアウトバーンに囲まれた、忘れられた陸の孤島のような場所だった。住人はトルコ人労働者や売人、そして娼婦たちだ。

家賃は毎月きちんと支払われ、滞納はなかった。

家具も電話もなく、めったに音楽もかけられなかった。

「歌は悪魔の産物だ」

とモハメドは口にした。いわく、イスラム教では歌は人を惑わす罪悪だ。歌を聴くと感情のコントロールができなくなり、悪い方向へ導かれるのだと。

なぜ笑わないのかとモハメドは訊ねられた。

「パレスチナで何人が死んでると思う」と彼は返した。「――歓びは心を殺す」

卒業も迫ったころ、モハメドはアフガニスタンを訪れる。

断食月がはじまろうという時期だった。

アルカイダは航空機テロを計画しながらも、人員が足りない状態にあった。そこに、理科系で英語能力があり、かつ米国ビザを取得できそうなモハメドたちがやってきたのだ。

ウサマ・ビン・ラディンはヨーロッパで暮らすムスリムの現状について質問したのち、

そっとモハメドに耳打ちした。

「――きみたちは殉教者になれるぞ」

ムセルヒイ・モハメド・アリー・ムハニイ、犯行指示書――飛行機に足を踏み入れたなら、すぐに神の名を唱えよ。飛行機が動き出したら、旅の祈りの言葉を唱えよ。（滑走路の前で）飛行機はいったん止まり、そして離陸する。その時こそ、殉教者たちに出会う時である。

神に祈れ。「われわれに勝利をもたらし、彼らを打ち負かしたまえ。彼らを震撼させたまえ」。あなた自身のために復讐をしてはならない。捕虜は殺せ。

神は言われた。「神のために殺害された者のことを思ってはならない。彼らは神のもとで扶養され生きている」(15)

モハメドは荷物に忍ばせたカッターナイフを取り出し、そっと腹に隠した。

仲間たちに目配せをする。

斜め後方の席で、アブドゥラージ・アロマリがうなずいた。通路を挟んだ向こうから、乗客の一人が不審そうにこちらを見ていた。予定より早く合図を出し、いっせいに立ち上がる。アテンダントが悲鳴を上げた。その首筋に、仲間の一人がナイフを横切らせた。

催涙ガスを撒き、コクピットに突入する。

大丈夫、問題ない。ただ言われた通りにやるだけだ。

エンジニアのように。あるいは、スキナーの開発したミサイルを操縦する鳩のように。

「アメリカン航空11便――」通信が入る。「応答せよ」

モハメドは操縦を手動に切り替える。

皆が肩を叩きあい、闘いの歌を歌いはじめた。しかしモハメドはそれに参加しない。背後で、インターコムがけたたましく鳴り響いた。一分が一時間にも感じられる。

ニューヨークが見えてきた。

操縦桿に力が入る。

窓越しに友達と遊んだ家へ。(――しかしそこにアラブはもはやない)

友達とインディアンの家を作った場所へ。(――しかしそこはウクライナではない)

うっすらと霞がかかったその向こうに、巨大な軍艦のようなマンハッタン島が横たわっている。ミドルタウンの摩天楼の向こうに、例のあの二つのビルが見えた。米国の富の象徴、永遠の世界塔。イスラム建築風のアーチはまるで悪い冗談だ。しかし、目指すべきはツインタワーではない。

三十四丁目のエンパイア・ステート・ビルディングだ。

何かがおかしいと感じる。歴史ある尖塔を破壊するのは、モハメドの本意ではない。だが、もうすでに決められたことなのだ。自分たちは、これからあのビルに突入する。

——わたしたちの祖先は、たったの二十四ドルでこの島を買い取ったのです。

——彼らを震撼させたまえ。

(違う)

目眩(めまい)がしはじめた。

記憶の最適化が追いつかなくなっている。

かつて見た景色の断片が、フラッシュバックしては消えていった。エジプトのカイロにはクライスラー・ビルディングが建っていて、ウクライナのキエフの中心にはハンブルグのアルスター湖があった。いつの間にか皆はドイツ語のポップスを口ずさんでいた。その輪のなかに、父と母の姿がある。しかし、いったい誰の父と誰の母だというのか。

母の顔は削られ、下に粘土のような素材が覗いている。

——あのとき名前の発音さえできたなら、ぼくは変われたろうか?

——あの青い履き物を、ぼくはどこへやったっけ。

(違う)

呻きが漏れた。行動が、デッドロックを起こそうとしている。しっかりしろ、とかつてビンツであったものは思う。おまえは、あのツインタワーに突っこむ予定なんだろ。

操縦桿を握った手は凍りついたまま動かない。

機体が風にあおられ、大きく傾いた。

どうした。ぼくたちは同じじゃないのか。祖国を思え。失われた母を思え。ぼくたちは、殉教者になりたいんじゃなかったのか。

違う、そうじゃないんだよ、とかつてモハメドであったものは思う。

殉教でなくともいい。

死後に楽園へ行けなくともいいんだよ。楽園はなく、聖戦も起こらない。あるのは、ただ広漠とした無秩序だ。だから、虚無に神の名を穿つんだ。歴史というものの消失点の、その最果ての先端に身を投じるんだ。ニューヨークを壊すために。あるいは、ニューヨークを救うために。

舵が切られた。

世界貿易センターの北棟、白く輝く腹のその真ん中に向けて。

5

接続が切れると同時に悲鳴が聞こえた。

北からの衝撃が塔全体を突き抜けた。大地が傾いだ。まもなく、大量の煙がダクトを通じて流れこんできた。ビンツは非常階段を駆け下りた。自分の意志でそうしているつもりだった。——違った。身体はふたたび何者かに操(あやつ)られ、勝手に駆け出していた。

九十一階の手前を瓦礫が塞いでいた。ビンツは湾岸警察公社に電話をかける。

「1WTCの九十二階に閉じこめられている。指示を求む」

「現在この番号は使われておりません。番号を——」

「煙がひどい。窓を割ってもいいか？」

「ご確認の上おかけ直しください。現在この番号は——」

「いや、全部確認したんだ。非常階段はAもBもCも使えない」

道を塞がれた数名が、上へ行くか下へ行くか、窓を割るか割らないかで揉めている。

煙が充満していた。

プリインストールされている知識によると、上にも下にも出口はない。屋上には警察のヘリコプターがいるが、ドアはロックされているのだ。だが、それを知っているからといって、行動が変わるわけではない。

アーネスト・アームステッド、消防局救急医療隊員、事件を振り返って——信じられないほど大量の瓦礫がプラザに落下したのですが、その大部分は機の残骸と建物の破損部分で、私の仕事とは直接関係のないものばかりでした。（中略）彼女の右の肺から肩、そして頭にかけては原形をとどめていましたが、隔膜から下は見分けのつかない状態でした。にもかかわらず、私に抗議できるほど、彼女の意識ははっきりしていたのです。「私は死んでいない」と彼女はもう一度繰り返しました。彼女は医療に関してなんらかの訓練を受けたことがあるに違いありません。死を意味する黒い認定札をつけられて、怒ったような表情を浮かべていました。[16]

いくつものＤＸ９が窓の外を落下していった。

南からの光が射しこんでいた。

その向こうに、もう一つのタワーが見える。十分後には、そこに二機目が突入するのだ。なんとかして、逃げろと伝えられないかと思った。錯覚だった。人間は、誰一人として塔のなかにはいないのだ。身体は屋上を目指し、階段を駆け上がっていた。

予定通り、飛行機は北棟に突入した。

だから彼も、予定通りに。

――そうだ、ティナはどうしているだろう？

つまり、あれから四十年経ったその後のティナは。九十一階以下の生存者は四千人、死者は七十二人。オフィスがあったのは七十八階。おそらくは、生きているはずだ。

屋上の手前まで来た。ドアが開かず、何体もが交代にドアを蹴っている。ビンツは引き返して階段を降りはじめる。新たな瓦礫が道を塞いだ。

母の謎々の答えはついにわからなかった。

ビルとビルのあいだに、虚無以外の何があるというのか。


ジム・ドワイアー＆ケヴィン・フリン、生存者へのインタビューをまとめて（二〇〇五年）――かぎ爪のようになったバールの先が、ドア枠の周囲の石膏ボードの壁から突き出してきた。パブロ・オーティズがドアを押し開けた。オーティズは法律事務所のオフィスに行き、キャヴァたちに急いで非常階段のところに行くように言った。それから〈コスモス・インターナショナル〉のオフィスのドアを開けた。そこではターサ・モイアとウォルター・ピリピアックらが身を寄せ合っていた。

「さあ、早く」オーティズは言った。

非常階段を降りようとするウォルター・ピリピアックの背後にディマティーニとオーティズがいた。ふたりがさらに階段をのぼっていくのを、ピリピアックは見たような気がした。[17]

焼菓子のようになりながらビンツは走る。ふたたび道が途切れた。壁が崩れ、それ以上先には進めなくなっていた。下から煙が充満してきた。誰かが叫んだ。

「――俺はこの街が好きだ！」

ビンツは自問する。

自分はこの街が好きだろうか。

本物のビンツは、かつてここでどのように思っただろう。やはり同じようなことを思ったか。あるいは、家族や友人のことで頭がいっぱいだったろうか。そうではなく、あの日大勢が見たのと同じように、記憶の走馬燈を目にしたのか。

答えは行動が教えてくれた。

ビンツは電話を取り父親をコールしていた。番号が使われていない旨の録音が流れた。誰かが壁を壊した。小さな歓声が上がる。何体かのDX9につづいて、ビンツも穴を抜けた。真っ正面に窓が開いていた。煙が地を這い、割れた窓の外へ吹き抜けていた。その向こうにミドルタウンの摩天楼が見える。エンパイアの尖塔をビンツは見た。あと少ししたら、あのビルはオレンジ色にライトアップされるはずだ。

ハロウィンを祝して。

別の非常階段を探し、ビンツは東へ向かった。煙で先が見えない。別の窓が割られた。

飯塚真紀子、ジャーナリスト（二〇一〇年）――（ミノル・ヤマサキの）成績がよかったのは、ハナの厳しい教育のおかげだろう。ハナは、服装から友人づきあいに至るまで、何でもコントロールするタイプの母親だった。日本のしきたりを、そのままアメリカに持ち込んでいた。と思えば、ハナはミノルに大きな蝶ネクタイをよく身につけさせた。その格好が、近所の子供たちには女々しく見えたのか、ハイスクール時代のミノルは、〝シッシー（女々しい）〟と呼ばれてからかわれていた。[18]

窓を抜けた。

視界が開け、くるくると景色が回りはじめる。ビルの軋みや悲鳴、サイレンやヘリコプターの音はやがて風の音に溶けた。到底見えるはずのない光景を、しかしDX9の目はとらえた。

近づいたり離れたりするヘリコプター。破れ、散乱した窓ガラス。ビルの外壁の退屈な縞模様。風に舞う書類に印字された契約書。海風に乗った一羽の鳩。

遠くに河が輝いていた。

その向こうはニュージャージイ州だ。それを、二棟のビルが縦に切り裂いている。

刹那、膨大な無線がビンツを貫いた。ジョンへ。ナオミへ。ウォルターへ。ジャックへ。――それは街に住まう残された生者らが、かつての死者に向けて書いたメッセージなのだった。そのなかに、ビンツに宛てられた通信があった。

――ローズからアスパラガスへ。

メッセージはそう題されていた。

本文はなく、数百枚の画像データが添付されている。それは、勤めていた職場のその後の変遷だった。同僚たちが家庭を持ち、老い、リタイアしていく過程が一瞬ごとに不連続に切り取られていた。会社は大きくなり、ミドルタウンへ移ったようだ。新しいオフィスを前に、スタッフたちが記念写真を撮っている。

落下に要する時間は、十秒強。目を通すには充分な時間だ。

上空の虚空を見つめる。

そのときビンッは見たのだった。ビルとビルのあいだにあるのは、空白ではない。過去ではない。貿易センタービルの佇まいは変わらない。しかし、そのあいだに見える街は、時代とともに変化していく。言うなれば、そこにあるのは未来なのだ。

あと七秒。

風を切る音がする。

近藤惠作、建築士、ミノル・ヤマサキの事務所の元所員――ヤマ（ミノル・ヤマサキのこと）は二つの建物の間から見える空間に〝希望〟を見出していた。高層ビルと高層ビルの谷間にはもっと、雄大なものが広がっていると信じていた。空間に夢を持たせようとしたんです。だから、ツインタワーにした。(19)

引用元・主要参考文献

（1）『100年前のニューヨーク』マール社編集部編、鈴木智子訳、マール社（1996）
（2、10）『世界貿易センタービル――失われた都市の物語』アンガス・K・ギレスピー著、秦隆司訳、KKベストセラーズ（2002）
（3、4、16）『マンハッタン、9月11日――生還者たちの証言』ディーン・E・マーフィー著、村上由見子監訳、中央公論新社（2002）
（5）『われらの悲しみを平和への一歩に――9・11犠牲者家族の記録』デイビッド・ポトーティとピースフル・トゥモロウズ著、梶原寿訳、岩波書店（2004）
（6、18、19）『9・11の標的をつくった男――天才と差別――建築家ミノル・ヤマサキの生涯』飯塚真紀子、講談社（2010）
（7）「アクセプタンス&コミットメントセラピーQ&A集」（『こころのりんしょうà·la·carte 第28巻第1号』内記事）、星和書店（2009）
（8）『自由への挑戦――行動工学入門』B・F・スキナー著、波多野進、加藤秀俊訳、番町書房（1972）
（9）『倒壊する巨塔――アルカイダと9・11への道』上・下　ローレンス・ライト著、平賀秀明訳、白水社（2009）

(11)『行動分析学入門――ヒトの行動の思いがけない理由』杉山尚子、集英社新書(2005)

(12、13、14、15)『テロリストの軌跡――モハメド・アタを追う』朝日新聞アタ取材班、草思社(2002)

(17)『9・11生死を分けた102分――崩壊する超高層ビル内部からの驚くべき証言』ジム・ドワイヤー、ケヴィン・フリン著、三川基好訳、文藝春秋(2005)

Perfect Soldiers - The 9/11 Hijackers: Who They Were, Why They Did It, Terry McDermott, HarperCollins e-books, 2005／『ニューヨーク東8番街の奇跡』マシュー・ロビンス監督、ユニバーサル・スタジオ(1987)、ユニバーサル・ピクチャーズ・ジャパン(2005)／『ニューヨーク』亀井俊介、岩波新書(2002)／『行動分析学――行動と文化』西川泰夫、講談社(1978)／『ディスカバリーチャンネル ZERO HOUR: 9・11同時多発テロ事件』デビッド・ヒックマン、角川書店(2006)／World Trade Center - north tower tenants (http://www.usatoday.com)／World Trade Center - In Memoriam, A&E Television Networks, 2001／9/11 - The Filmmakers, Commemorative Edition, Jules & Gedeon Naudet, James Hanlon, Goldfish Pictures Inc., 2001, Paramount Pictures, 2006／Ghostbusters, Ivan Reitman, Columbia Pictures, 1984

ジャララバードの兵士たち

The Frequency of Silence

1

砂が口の奥にまで入りこんでいた。

朦朦（もうもう）と土埃が立ち、視界はない。その煙幕の向こうから、絶え間なく銃声が聞こえてくる。オーディオの切断ノイズにも似た音。人種、宗教、言語――千々に断ち切られた不連続な世界の、その谷間が奏でる刹那の歌声が。

目が痛むが、拭おうにも、手も、服も、何もかもが砂まみれだ。ルイたちの背後に立つのは、三階建てほどの古い石造りの塔だ。逃げ場はそこしかなかった。

銃撃が止んだ。

「来い！」

ザカリーが叫び、門のアーチを目指して駆けた。

つづけて、ルイも屋内へ転がりこむ。がらんと開けた空間に出た。埃に混じり、嫌な匂いがする。頭上から、淡い光の筋が差しこんでいた。塔は筒状になっているようで、見上げると、丸く切り抜かれた空があった。

広間の中央には、幅一メートルほどの穴が掘られ、床は擂鉢(すりばち)状に傾いている。いくつもの古い骸骨に紛れ、ゲリラや米兵の死体があった。ザカリーが気味悪そうに声をあげた。

「……なんだい、こりゃあ」

「ダフマだ」とルイは答える。「英語では、沈黙の塔。ゾロアスター教徒が鳥葬に使う」

「イスラムの国だぞ」

「元々はここの発祥なんだ。もう少し北のほうだがな」

言い終えるか終えないかのところで、頭のそばを銃弾がかすめる。背後で古い骸骨が崩れた。糞、とザカリーがつぶやいて門越しに応戦する。突撃銃に、電波も体温も素通しの迷彩服。歩兵の闘いはいつでも泥まみれだ。偵察機が空を飛び交い、昆虫のようなロボットが砂漠を這い回るいまもなお。

ルイはゲリラ兵の死体からAKを拾い上げる。

「使えるのか」

「部族地帯(トライバル・エリア)で覚えた」

国境付近の自治区では、いまも小銃から対戦車擲弾(RPG)までが露店で売られている。一瞬、ザカリーの表情に迷いがよぎった。武装した素人と丸腰の素人、どちらが厄介か判断がつかないようだ。

「気に入らねえ」

ザカリーが考えるのをやめ、吐き捨てる。

気に入ろうが入るまいが、どうせ猫の手も借りたい状況だ。門を挟んでしゃがみ、ルイはマガジンを入れ替える。セレクタはセミオート。砂煙は晴れてきていた。構えながら、失った荷物のことを思う。カメラの類いは隣国の宿に預けてきた。だが、日記が入っていたのだ。

ザカリーの合図で同時に立ち上がり、撃った。

遠く、岩場の向こうで一人が倒れる。顔立ちからすると、タジク人が。

この内戦に関わる民族は大きく分けて五つ、ゲリラ勢力の数は十三。そのどれを相手にしているかもわからない。大義を持つ勢力は旧タリバンを最後に滅んだ。あとは、民族も言語もごちゃまぜに権力を争っている。

道程で検問にぶつかれば、その場で殺される。そんな土地でも旅人が横切る方法はある。国境で米兵を雇い、次の街まで守らせるのだ。それでも、ゲリラに見つかればこういう事態になる。

敵の一人が激昂して走りこんできた。それをザカリーが一発でしとめる。

「終わったか」

「あと一人いる」とルイは目を細める。

これで二対一。

だが、砂漠の真ん中で車を壊された。終わったとして、足をどうするか。

銃を構え直す際、木製のストックが目に入った。小さく、現地のダリ語が刻まれている。おそらくは、かつての所有者の名前だ。このAKという銃がルイは嫌いではない。弱い側が好んで手にしてきた武器だからだ。だが、銃器へのフェティシズムは生還率を下げる。

攻撃が止んだ。

相手は岩陰からこちらを窺(うかが)っているが、撃ってくる気配がない。ザカリーが訊いてきた。

「ダリ語も部族地帯で?」

「いや……」

ザカリーを雇う際、カイバル峠付近で情報収集をした。その様子を見ていたのだろう。

「ペシャワールで難民の家族から」

「武器を捨てろと言え」

「銃(トーファン)――」

命令形を組み立てている余裕がなく、ルイは名詞と現在形を並べようとする。

そのときヘリコプターが接近し、いくつものパラシュートを投下してきた。ザカリーは正面に目を向けたまま、片手で双眼鏡を放ってきた。受け取り、パラシュートに向けピントを合わせる。人の形が見えた。細い、少女のようなフォルム。その顔は、ことごとくが削り取られている。

「まずい」ルイの口から声が漏れた。「――DXだ」

無人兵器に対抗するため、パシュトゥン人のゲリラ勢力は廉価製品のロボットを取り寄せ独自に改造した。正式名称はDX9――通称、歌姫。または、砂漠の死の天使。日本製の堅牢な機構は、砂にも暑さにも壊れない。無人兵器の千分の一以下の値段で、同じだけの人間を殺す。

標的は、パシュトゥン以外のすべての勢力だ。

まもなく数体が荒れ地に降り立った。タジク人ゲリラが逃げていこうとしたが、DX9はそれを五百メートル以上も先から一撃で撃ち倒す。パシュトゥンのエンジニア連中は優秀だった。画像処理の補助エンジンは、デジタルカメラの付属ツールから。物理計算のエンジンは、子供向けの戦争ゲームから。

実戦に投入するにあたり、彼らはDX9の顔を潰した。イスラムで偶像は禁止されているから。歌を歌うための喉を潰した。歌は、人を惑わす悪魔の道具だから。

空から目視されたのだろう。二体がダフマを目指して駆けてきた。

反射的に、ルイは銃を構えようとする。

「無駄だ」

ザカリーがつぶやき、榴弾（グレネード）を右手に握った。ＤＸ９の特徴は、安いマイコンによる分散処理だ。足を撃っても頭を撃っても、倒れずにどこまでも向かってくる。ザカリーがピンを抜こうとした。だが、何かを思い出したように手が止まる。

背後で落下音がした。

ＤＸ９の投げたグレネードだった。禿鷹（はげたか）が死者を啄（ついば）めるよう、ダフマには天井がない。その穴をめがけ、ピンポイントで放りこんできたのだ。

建物のなかに逃げ場はない。外へ出れば狙撃される。

咄嗟に、ルイは広間の中央の穴に飛びこんだ。思わぬ深さに、足を痛めそうになる。穴の底からは、横に向けて小さなトンネルが伸びていた。遅れてザカリーが降り立った。頭上で爆音がし、洞穴全体が震えた。迷っている暇はない。ルイはトンネルに潜りこんだ。

背後で、ザカリーが懐中電灯を点けた。短く訊いてくる。

「ここは？」

「死体の血を集めるための穴だ。それを、ゲリラが通行用に改造したんだろう」

山地や砂漠に遮蔽物は少ない。だからベトナムにはならないと誰もが考えた。その先入観を打ち破ったのが、かつての聖戦遂行者（ムシャヒディン）、そして神学生（タリバン）たちだ。

「ルイといったか」

「ああ」

本名は隆一。だが、外国人に発音できる名前じゃない。

「それで通ってる」

「アメリカ訛りだな」

「昔、ニューヨークの小学校にいた」

「は」と相手が冷笑する。「世界市民（コスモポリタン）ってわけか」

世界市民、という語の発音に、嘲（あざけ）りがこめられている。

軽蔑を示すのは、もちろん、ルイがわざわざ危険地帯に入るような旅行者だからだ。

この米兵を紹介されたのは国境近くの駐屯地で、イシルガという日系二世の将官から。

出会い頭にザカリーは言った。まさか覗き屋（ピーピング・トム）の護衛とはね。ああ、立派な任務だとも。素晴らしい。

駆けながら、ルイは背後を振り返る。

爆発で見失ったか、あるいは殲滅したと考えたか、人形たちが追ってくる気配はない。

「なぜこんな国に？」興味もなさそうに、ザカリーが訊いてくる。

「そうだな……」とルイは言い淀む。

そこにあったから、と登山家のように答えてしまいたくもなる。

「……スターリンは言ったそうだな。一人の死は悲劇だが、百万人の死は統計だと」

誰が言ったかは問題ではない。問題は、この不快な指摘に真実が含まれていることだ。

人間は悲劇すらをも奪われる。一人の死と百万人の死とのあいだには、非連続性（ミッシング・リンク）が潜む。目の前を鼠が横切った。何かが足にぶつかる。アーミーフードの缶詰だった。

だから、と言ってルイは顔を上げる。

「俺は、悲劇と統計のあいだの一点を見定めたい」

ザカリーはしばらく応えなかった。

「この国に」と、やがて後ろから声がした。「数日もいれば、そんな大層な題目は忘れちまうさ」

旧アフガニスタン——ホラーサーン部族連合（Tribal Union of Khorasan）。

数年前、人種融和を目的に改名されたばかりだ。意味は、陽の昇る場所——この地域の、古代から近世にかけての呼称でもある。改名の理由は、アフガンという名称が、本来はパシュトゥンという一民族を指すことから。現状は人種融和には程遠い。ペシャワールで見た英字新聞には、「隠れたホロコースト」の見出しが掲げられていた。パシュトゥン人の勢力が、ハザラ人の住むスィヤーチャール村を焼き払ったというのだ。それが、わずか二週間前のこと。

パシュトゥンはこの国における絶対多数だ。

各地で、これと同じような虐殺が起きている。

そして、この国がホラーサーンと呼ばれることはない。人々の帰属意識は、国ではなく個々の部族にある。外国人は単にこう呼ぶ。——アフガン。

明け方のアザーンが流れていた。

起き上がると、沈黙の塔（ダフマ）で痛めた手足が疼く。窓の外で、瓦礫のなかに青い屋根のモスクが半分ほど焼け残り、暁光を受けて桃色に輝いていた。礼拝をうながす呼び声は、そのモスクから聞こえてきていた。まるで歌うように地声と裏声を行き来し、震え、全音階で上下する。ルイの耳には、歌とどう違うのかわからない。

窓越しに、乾いた朝の大気が入りこんでいた。

牛が鳴いた。眼前にあるのは、一面を黄色にペイントされたコンクリートの三階建てだ。爆撃を受け、なかば崩れかかっているが、人々は構わずそこに住んでいる。道路を挟んで紐がかけられ、そこに赤や水色の洗濯物がはためいていた。

チャドリで全身を覆った女性が、川沿いで洗濯をしている。煮込（コルマ）の匂いとともに、穏やかな話し声が聞こえてきた。

電力インフラが壊滅しているため、ここ、ジャララバードの朝は早い。

街の人口の九割はパシュトゥン人だ。

主要都市ということだが、どこにでもあるイスラムの田舎町にも見える。道が舗装されているのは街の中心部のみ。それすら爆撃であちこちが破れ、下に白い砂地が覗いていた。

ザカリーはすでに目を覚ましていた。

煙草をくわえ、薄明かりの下で英字新聞を読んでいる。記事は、二ヶ月後に迫ったアメリカの大統領選のこと。候補者たちの笑顔や白い歯は、この地にあっては人工的で異質に見える。

「アーミーでも新聞を読むのか」

「……上からの情報よりよっぽど早い」ザカリーは欠伸を噛み殺した。

――ここに宿を取ったのは昨日の深夜のことだ。

沈黙の塔（ダフマ）からのトンネルを抜けると、そこは幹線道路沿いの涸れ井戸だった。

日が暮れかかり、遠くに街の灯が瞬いていた。二人で先を急いだ。地雷の位置を示すのは、赤白にペイントされた石ころのみ。それを見ようとライトを点ければ、狙撃の的になる。徒歩で動けるのは、陽が出ているあいだだけなのだ。

チャドリを頭からかぶった人影が、じっと佇んで車を待っていた。遠景の渓谷は赤く、夕陽も加わってまるで燃えるようだった。その底を、ぎりぎりまで水位の下がった川が流れていた。

ザカリーがつぶやいた。この水位じゃ、来年もまた飢饉かな。

夜、ジャララバードに着いたころにはくたくたになっていた。

ザカリーとの約束は、首都のカブールまで。

運がよければ一日で着く距離だ。悪ければ、たどり着けない。

宿という宿で宿泊を拒まれ、八軒目でようやく泊めてもらえた。宿が渋るのはこちらが異教徒（カーフィル）だからでもあり、米軍が同行しているからでもあった。最後に見つけた宿も、無闇に外出しないことが条件だった。

主人によれば、パシュトゥン人ゲリラから夜の手紙（シャブナマ）が届くのだという。手紙の内容は聖戦（ジハード）の呼びかけから、外国人ジャーナリストを殺せというものまで。こうやって手紙を届けられるのだからいつでも殺しに来られる、という脅迫でもある。

道中、ザカリーの口数は少なかった。

訓練を受けたのは祖国を守るためで、見知らぬ日本人を守るためではないと言わんばかりだった。まして旅人一人のために危険地帯に駆り出されたのだから、彼が苛つくのも当然だ。

それでも、道すがらにいくつか話を聞くことができた。

ザカリーはユダヤ系アメリカ人。イスラエルが崩壊したその翌月にアーミーを志願した。二十人までは殺したゲリラの数を数えた。旅人の護衛は、それよりはいくぶんマシだ。

「朝食だ」

ザカリーは新聞をたたむと、温いペプシの瓶をこちらに投げてよこした。

「……カブールに出る前、寄り道していくぞ」

「ああ。どうせあんたがいなきゃ動けない」

「近くで仲間が殺されたらしくてな。それで報告を命じられた」

興味があるだろう？　とザカリーは若干の悪意をこめてつけ加える。

廊下に出ると、祈りを終えた従業員が二度寝していた。それを無理に起こし、チェックアウトの手続きをする。そのまま、三輪タクシーでジャララバードの市街を抜けた。なかば崩れた家々で、八百屋や雑貨屋が朝も早くから店を開けている。遠目にも、無数の銃撃の痕が見えた。路傍には、錆び、朽ち果てた戦車が一台。その横を、棒きれを持った子供たちが駆けた。こう言って許されるならば――平和。

ジャララバードが位置するのは、国境のカイバル峠と首都カブールの中間点。

そのため、幾度となく攻防上の拠点となってきた。ソビエト軍が占領し、聖戦遂行者が占領し、神学生が占領し、アメリカ軍が占領し、そしてパシュトゥン解放戦線が占領した。同時多発テロの後、まっさきに空爆があったのもこの土地だ。いまも爆撃されたばかりのはずだが、人々は地にへばりつき、生活をつづけている。

一度車を降り、タオルや薬といった必需品を購入した。

郊外に抜けた。

道のあちこちには大きな穴が開いていて、そのたび車は右へ左へ迂回する。路肩の地雷が目立ってきた。川沿いに、小さなキャンプができている。古いユニセフのビニールシートで、いくつものテントが張られていた。

　隣国のポップスが聞こえてきた。

　いま、歌は御法度のはずだが、かつてのタリバンのような強い支配勢力があるでもない。

そして、人は音楽を止められない。

　車が停まった。

「訊かれたら通訳だと言え。頼むぞ、世界市民（コスモポリタン）」

　最後の言葉にザカリーは皮肉をこめる。いい気はしないが、あえて訂正する理由もない。

覗き屋（ピーピング・トム）から比べれば出世したとも言える。

　五十メートル四方くらいの草地の真ん中に、倒れている人影があった。

　草地には、地雷を示すあの紅白の石が敷き詰められている。

　道路沿いではパシュトゥン人と警官数名が大声で議論していたが、ザカリーの姿を見るや、用心して無言になった。

「現場を見せて欲しい」

　ザカリーが訊ねるが、英語が通じず協力が得られない。米兵への嫌悪も感じられた。

　同時多発テロ以来、アメリカは理由をつけてはこの国に派兵してきた。そしてそのたび、評判を落として帰っていく。

　ルイが間に入って事情を説明し、やっと相手が耳を傾けはじめた。

警官の一人が、ゆっくりと地雷原を先導する。場所が場所な上、被害者が女性なのでまだ調べていないという。パシュトゥンの男性が発見者であるようで、中国人か？　と歩きながらルイに訊いてきた。日本人だ、とお決まりの返答をする。

「その恰好」と相手が自分の襟を指した。「まるで、ハザラの民兵だな」

ルイは黙って首を振った。

ハザラ人はこの国に住む少数民族だ。日本人と同じモンゴロイドで、パシュトゥンによっていままさに地上から消されかかっている。だから、ハザラと間違えられるリスクは大きい。といって、旅行者然とした服装も選べない。ここでは、その兼ね合いが難しいのだ。

死体の前まで来た。女性兵だ。

軽装で、ボディアーマーはつけていない。見る限り、二箇所を撃たれていた。一発は腹。もう一発が、左目だ。応戦したらしく、右手にハンドガンを握っている。傍らの地面にはM4ライフルが一挺転がっていた。足跡は乱れ、どれが誰のものかもわからない。ザカリーが唸（うな）った。

「――犯罪捜査司令部（CID）だ」

「CIDって？」

ザカリーの答えは簡潔だった。「俺たちがアフガン女をファックしないか見張る役だ」

ルイは死骸を見下ろす。

古い、色鮮やかな綿織物でブロンドの頭を覆っている。タフタはこの地域が比較的平和だったころの織物だ。南部のパシュトゥン人が綿花を育て、それを北部のタジク人が紡ぐ。ところが戦争や部族対立で生産は止まり、工場も放置された。

おそらく、この女性なりに考えて布を選んだのだろう。

ザカリーが死体からIDを見つけ、本部へ通信をつないだ。――現地にてCIDと思われる女性を確認した。近距離からの銃撃で、死後およそ四から八時間と見られる。

その横で、ルイは警官に話を聞いた。こういうことはよくあるのか。百万という人が死ぬなか、殺人事件などで現地の警察は動くものなのか。

突然、ザカリーが悪態をついた。

「どうした」

「同胞が殺された以上、警察には任せるなとよ。そっちはなんて言ってる」

「だいたい同じだ」とルイは答える。「現地の事件だから、アーミーには渡したくないそうだ」

「司法権の綱引きってわけか」

ザカリーはため息をついて通信に戻った。――捜査権と司法権について要折衝。IDによると、被害者はナオミ・ヴァレンティン准士官。

……この瞬間、何かがルイのなかでつながりはじめた。

まさか。

もう一度女の顔を見る。——そのときだ。ルイの深奥に眠っていた記憶が、いっせいに噴き上がってきた。マンハッタンの下町のデリカテッセン。いつも使っていたペンとノート。グランドセントラル駅のクラムチャウダーの匂い。疑問もなく、白人や黒人やアラブ人と授業を受けていたころ。

——間違いない。

どこにでもある戦場の、どこにでもある死体だと思っていた。そうではなかった。この辺境の地雷原で人知れず落命した兵士を、ルイは知っていた。それは、彼の小学生時代のクラスメートなのだった。

2

「子羊（バッラ）の世話をしていました」

発見者の男は近くの村に住む羊飼いで、名をムラー・マジェディと名乗った。

「それで、祈りの時間が近づいてきましたので……」歩きながら、ムラーは身振り手振りを交えて語った。「モスクへ向かう途中、死体があることに気がつきました」

地雷原を抜け、車のあるところにまで戻ってきた。

ルイは振り向いて、遠くのナオミの死体へ目を向ける。

「あそこは地雷原だから……ちょうど、このあたりから撃ったのか」

旅が長いと、独り言が英語になる。それをザカリーが聞きつけた。

「もう少し近くからだ」

「なぜ？」

「ハンドガンの射程は短いんだ。ものによるが、実戦となるとせいぜい十メートル。一方で、被害者はライフルも持っていた。それなのに、わざわざ射程の短い銃を選んで応戦している」

「だったら、どうしてあんな場所で？」

「知るかよ」ザカリーは首を振って煙草に火を点けた。「それをこれから調べるんだ」

身体中に火薬を巻きつけながらなぜ煙草が吸えるのか、ルイには不思議でならない。

「死体は最初からあのまま？」と、ダリ語で訊ねてみる。「つまり、動かさずに……」

「そうだ」と警官の一人が答えた。「女だったんでな」

身体に触れられない、ということらしい。

この警官はモラナ・ダードゥラー。通報を受け、すぐ現場に駆けつけたという。殺されたのが米軍兵であったため、モラナは米軍本部に問い合わせた。結果、近くにいたザカリーに指令が入ったというわけだ。

嘘から出た実(まこと)で、ルイは通訳を買って出た。

ザカリーが動けない以上、一人でカブールに向かうか、別のガードを雇うかの選択になる。だが現地のアーミーはそのまま強盗に変わる。そして、この周辺の旅行者の行方不明(ミッシング)率は七割。ルイとしても身動きが取れないのだ。

むろん、理由はそれだけではない。

ルイは知りたいと思ったのだった。被害者と自分は、同じ街で育った。それも、ニューヨークという自由主義色(リベラル)の強い街で。それがなぜ、アーミーを志願するに至ったのか。そしてなぜ、殺されなければならなかったのか。

軍や警察にまかせると、すべてが藪のなかになるのは目に見えている。

ザカリーはというと、いますぐにでも厄介な日本人とは別れ、国境の駐屯地に帰りたいように見える。そんな彼にも、語学という弱点がある。そこにつけこんだ恰好だが、ザカリーの返答は明快だった。おまえを放り出してもいいが、護衛の任務も無視できない。捜査の過程で殺されてくれれば、それが一番いいんだがな。

ルイは被害者を知っているとは言わなかった。

紛争地帯のことだ。個人的な事情を、あえて持ち出す意味は感じられなかった。

期限は二日。

　二日後には、カブールの女性警官がジャララバードに立ち寄る。それまで、遺体はこのまま放置されるが、警官たちの独断で、その間は情報収集をしてもよいとなった。

「俺たちも面倒はごめんだ。軍で引き取るに足る材料を探してくれ」殺されたのがパシュトゥン人であれば、こうはいかないだろう。

「しかし……」とルイは眉をひそめる。「情報集めと言ってもな……」

　ザカリーが足下で煙草を揉み消した。

「ここはアメリカの支配地域じゃない。ナオミはどこかに泊まっていたはずだ」

「彼女の宿泊先がわかるか？」

　ダリ語で訊ねると、モラナは手元のタブレットで検索しはじめた。

「サラヤ・ゲストハウス。ここから東に七キロだ」

　物珍しさに、ルイはタブレットを覗きこむ。

「こんな道具があっても――」とモラナが画面を隠した。「何しろ、四分に一度人が死ぬ。そして支配勢力が変わるたび、守るべき法そのものが変わるときた」疑問に思い、ルイは訊ねてみた。この国はどの勢力が支配するのが一番だと思うか。はぐらかされるか、あるいはパシュトゥン解放戦線（PLF）の名が出ると思った。警官はしばらく悩んでから答えた。――一つの法、一つの治安さえ守れるならこの際なんでもいい。

　ザカリーが警官の車を指さし、「サラヤ・ゲストハウス？」と語尾を上げる。送ってもらえないか、ということだ。モラナが頷いてドアを開けた。

すぐに車が出された。

荒れ地に緑が目立ちはじめた。道の両脇から、砂糖黍畑がせり出してくる。芥子のかわりに育てはじめたんだ、とモラナは言う。だが、水が少ないので痩せたものしか穫れない。

「井戸や用水路はあるんだがな。昔、日本人の医者が作っていった」

――サラヤは外国人向けの宿だった。

白い漆喰の塀の一部が壊れ、水の抜かれたプールが覗いていた。閉じられたまま錆びついたパラソルがある。ザカリーはこの洋風の宿が気に入ったようで、ついでにチェックインしないか、としつこく言ってくる。

「その宿だがな」モラナが言いにくそうに持ちかけた。「外国人であれば酒が買える」

「わかった」とルイは言外の意図を察して、「かわりに、泊まれるよう便宜を頼めるか」

部屋にはシャワーの備えがあった。かつては湯も出たようだが、いまはドラム缶の雨水と直結しているだけ。それでもないよりはいい。水不足の話を聞いた後で気が引けたが、身体を洗っておくことにした。洗面所に銃を置き、シャワーノズルに貴重品袋を結びつける。黒い水がとめどなく排水溝に流れていった。

ドライヤーがないので、髪にタオルを巻きつける。

ザカリーがルームサービスのバーガーを注文した。一瞬惹かれたが、ルイはペプシのみを頼む。外国人向けの慣れないメニューは、材料が古かったりするものだ。

「まいったな」とザカリーが口を開いた。

「どうした」

「この新しい任務さ。……あんな、地味なスカーフなんかを巻いた女のためによ」

ザカリーのこの言はルイを苛立たせた。あれは、スカーフなどではない。この地の平和を象徴する織物なのだ。だが、喧嘩をしてもしょうがない。結局、一言だけ口を挟んだ。

「おまえの同胞だ」

「なんでもいい」とザカリーは鼻で笑った。「話をまとめるぞ。まず、犯行動機だが、これは問題にならない。俺たち兵士は、ここにいるというだけで殺される動機になりうる。だから、容疑者はジャララバードの市民全員。ここまではいいか」

「ああ」

「さて、ナオミはなんらかの理由であの場所に来ていた。同様に、なんらかの理由で犯人が来ていた。位置は、余裕を見てナオミから半径二十メートル以内。問題は――」

「夜だ」

「そう。場所が、暗闇の地雷原だったということ」

現場に暗視装置(ナイトビジョン)は残されていなかった。

ザカリーが見た限りでは、ナオミが撃たれてから空き地に逃げこんだ可能性は低いそうだ。また、死体の移動が行われた形跡もない。

そして、ライトを点けるとゲリラに狙撃される。

「つまり……」とルイは言い淀んだ。

このときボーイの少年が食事を持って部屋に入ってきた。ペプシと、それから小さく切った牛の脂身をパンに挟んだものが皿に載せられている。ザカリーは一口齧ってから、こんなところだな、とつぶやいた。

「カブールまで行っても食事はこんなもんか？」とルイは訊ねる。

「どこから流れたのか、闇市でアーミーフードが投げ売られている」

「飢饉なのにか」

「豚肉入りだからな。……どこまで話したか」

不可能状況のことだ。

目をつむり、ルイは現場を思い起こす。草地に敷き詰められた、紅白の石。

「本当に地雷原なのか？」と念のため訊ねてみた。「俺たちは、石を見たというだけだ」

「さあな」とザカリーが冷笑する。「近づいて確かめたらどうだ」

「石は誰にでも置ける」

「五十メートル四方に満遍なくか？」

ルイは黙って頷いた。

ほかにも一つ、思い浮かぶ可能性はあった。しかし、そんなことが起こりうるのか。

「……犯人はいない、とは考えられないか」

「現に誰かが撃ったんだ」

「つまり、ナオミを殺したのは人ではなかった。もっと言うなら、限りなく人に似たもの——」

腕を組んだまま、ザカリーは小さく頷いた。

一瞬、ダフマでの悪夢が蘇る。

「理解した」ザカリーがぽつりと言った。「だが、ハンドガンでDXと応戦するか」

「現場は闇だった。つまり——人間とDXでは区別がつかない」

温いペプシを飲み干す。

そもそも、ゲリラたちのDXはどうプログラミングされているのか。その点を訊こうと、口を開きかけた。ザカリーは椅子に座ったまま眠っていた。昨日の強行軍が響いたのだろう。まるで無防備なのは愛嬌だ。

窓の外の川沿いでは、チャドリを着た女性が洗濯をしていた。

それを見ながら、ルイは忘れていたナオミの記憶を思い起こす。

ルイがさぼってばかりいたのに対し、ナオミは優等生だった。

さほど、仲がよかったわけでもない。ただ、一度交わした妙な会話があった。学校近くーグル。

のベーグル屋で相席になったときのことだ。ルイはプレーンベーグル、ナオミはソルトベーグル。

「これだけ人がいるのに」と、唐突にナオミは言ったのだった。「誰が男か女かもわからない」

「え？」

「人を好きになるのって、難しい」

交差点を人が行き来していた。女性の内面を持つ男性や、男性にしか見えない女性が。そこにあるのは、いっさいが不確かで、それでいて色鮮やかな世界だった。人々のセクシャリティは、透明なチャドリに隠され、見えてこない。性の多様すぎる街で、ルイたちはいまだ未分化な性を持て余していた。

……ザカリーの寝息が聞こえてきた。

外で物音がした。ドアの外で先ほどの少年が聞き耳を立てていた。慌てて逃げようとするのを、ルイは呼び止める。

「いいんだ」と言って、五十アフガニ札を握らせる。「それより――」

「ここに泊まってた姉ちゃんのことだろ」

「知ってたのか」

聞けば、ナオミがここに泊まった際、親切にしてもらったのだという。

ところが、いましがた彼女が殺されたと知った。それで、ルイたちがその件を調べているのだろうと考え、盗み聞きをした。

俺たちもそれを知りたいんだよ、とルイは正直に打ち明けた。

「何かわからないか。たとえば、誰かと話をしていたとか」

「街外れに――」

と、ここで少年は口籠もり、誰にも言わないと約束できるかと訊いてきた。

ルイが頷き、少年が先をつづけた。

「街外れのほうに、流れてきたハザラ人がいる。その隠れ家に、何度か足を運んでたみたいなんだ。でも、わかるだろ。ハザラがいるとわかると……」

パシュトゥン人に殺される、ということだ。

男の名前と居場所を、ルイは書き留める。

「だが、きみは……」

「パシュトゥンだよ。だからって、ハザラを見殺しにしていい理由はない」

誰も言えないような正論を、少年はどうだという顔で口にする。

少しだけ口調が鼻についたが、それでも子供はいいものだと感じさせられた。

「何か訊かれたりしなかったか」

さあ、と少年は首を傾げる。

「アメリカのことを教えてもらったよ。それと、〈種子〉がどうとか……」

「種？」

「思い出した。スィヤーチャール村のことをしつこく訊かれた」

――こんなところだろうか。

子供の口の軽さにつけこんで、情報ばかり引き出すのも気が引けた。礼をして、ルイは部屋に戻ろうとした。ザカリーを起こすのは躊躇われるが、それ以上に時間が惜しかった。

だが、ノブに手をかけたところで、不意に怖気が立った。

スィヤーチャール。

自分はこの固有名詞を新聞で見ている。パシュトゥンに皆殺しにされたという、ハザラの村だ。

「待て」と、英語のつぶやきが漏れる。「すると、どうなる……」

シャワーを浴びたせいか、全身が冷え切っている。

ルイは踵を返し、部屋を後にした。

宿を出る段になって、銃を置いたままだと気がついた。しかし、旅行者とアーミーとでは事情が違う。こちらが武装しているせいで、相手が先手必勝で撃ってくることだってある。丸腰であれば、いざというときに説得できる猶予も生まれる。だが、問題はそんなことではない。

CIDは自軍の犯罪行為を調べる組織。

それが、ハザラのホロコーストを調べていたのだ。その意味するところは何か。ザカリーと行動を共にすることは、本当に安全だと言えるのか。

3

道沿いに土饅頭がつらなり、赤や緑の飾り布がはためいている。墓石のかわりだろうか、ところどころに小石が三つ四つ積まれ、その周辺にも、地雷を示す紅白の石が物言わず並んでいた。本来なら、きちんと埋葬し墓石を置くのがこの土地のやりかただ。だが、それよりも早く人が死んでいく。

壊れたDX9がパーツを持ち去られ、雨晒しとなって朽ちていた。回収されそこねた機体は、動く地雷となり見境なく殺して回る。パシュトゥン人が解除コードを打つまでは。

宿を出て、三十分ほど歩いたろうか。途中、露店で緑茶（チャイ）を頼むと、コップがわりの空き缶に茶を注がれた。やがて人の気配がなくなってきた。頭のなかに地図を思い描き、少年から聞いた隠れ家の場所と照合する。もう、すぐ近くまで来ているはずだった。眩しかった。

　あたりには日干し煉瓦の平屋がつらなり、陽射しを白く照り返していた。ある家はそのまま打ち棄てられ、ある家は原形をとどめず崩れている。風に晒された結果なのか、最初からそのような形なのか、壁や屋根は有機的な曲線を描き、互いにくっつき、増殖し、まるで一つの洞窟都市のようでもあった。

　耳を澄ませると、どこからか鳥の声が聞こえてくる。

　家を覗いてみる。がらんとした空間に、薬罐が一つ転がっていた。

「何か用か」と、不意に後ろから声がした。

「ああ」

　動けば撃たれる気がして、ルイは振り向かずに応える。

「ナジャフ・マザーリーに会いたい」

「わたしだ」

　ゆっくり振り向くと、日本人のような顔がこちらを見ていた。歳は七十ほどに見えるが、実年齢はわからない。戦乱がつづくこの国で、人々は倍ほどの年齢に見える。すべてを見通したような、それでいて嶮しさを残した目だった。

「仏教徒か」

　ルイは頷いた。イスラム圏を歩く日本人は、ほぼ例外なく仏教徒を名乗る。

「この村はいったい？」

「かつては聖戦遂行者（ムシャヒディン）の基地だった。その後にハザラの労働者が棲み着いたが、結局は戦乱で棄てられた。珍しい話でもない、どこにでもあるような場所だ。……それより、誰に聞いてここへ？」

「ナオミ・ヴァレンティンが殺された」

老人の表情は変わらない。

だがやがて頷くと、「わかった」と口のなかでつぶやいた。

「来なさい」

老人の隠れ家は村の奥まった場所にあった。言われるままに腰を下ろし、ルイは部屋を見回した。小さな荷物と、少しの小麦。そして礼拝のためのカーペット。竈（かまど）を炊いた形跡がある。一冊、読みかけの本が伏せられていた。

「茶があればよかったんだが」

「……ナオミはスィヤーチャールという村のことを調べていた。それは、この村のことなのか？」

ナジャフは小さく首を振ったのみで、黙したまま何も応えない。

ルイが別の質問をしようとしたところで、ナジャフが荷物から一枚の写真を取り出した。

田園と、大きく刳（く）り抜かれた崖。同じ写真を見たことがある。――この崖には、かつて大仏が彫られていたのだ。それを、原理主義の勢力が破壊した。

幾度も修復プロジェクトが立ち上がっては、そのたび新たな戦乱に阻まれた。

「ハザラの故郷、バーミヤンだ」

そう言うと、ナジャフは探るようにルイを見つめてくる。

「仏教徒であるきみに問う。この仏像は、なぜ壊されなければならなかったのか」

「それは——」

偶像崇拝の禁止。

原理主義の台頭。飢饉と経済制裁。世界の無関心。

とっさに答えそうになるのを、ルイは抑える。試されていると感じたからだった。

「この仏像は……」ルイは慎重に一語一語を選ぶ。「壊されてよかったのだと思う」

相手の目元がぴくりと動いた。それを横目に、ルイはつづける。

「ハザラはシーア派であり、パシュトゥンはスンニ派。人口比で劣るハザラ人は差別され、迫害され、殺されつづけてきた。だが——」

宗派の違いだけで、話はここまでこじれない。

「地政学的にも人口比的にも、支配層であるパシュトゥンにとってハザラは脅威となる。だから抑圧する必要があった。アブドゥッラフマーンの治世下では、ハザラへの聖戦(ジハード)まで宣言された」

イスラム同士の聖戦。

やがてそれは、ただの宗派間の争いではなくなった。

「パシュトゥン人は虚偽のプロパガンダをした。ハザラはアラーに忠誠を誓っていないと。ハザラとは偶像崇拝者であり、神秘主義者(スーフィー)なのだと。だからこそ、人々は奪い、犯し、殺すことを厭わなくなった」

「……お勉強が上手だな」

ナジャフは苛立ちはじめていた。

そんなことはいまさら教えてもらうまでもない、と表情が語っている。だが、知識を示すだけでも意味はある。ハザラとは、目を向けられずにきた民だからだ。

こうした背景を踏まえ——イスラム世界と、その世界における被差別の民であるハザラ人の双方に配慮しながら、仏教徒を名乗ったことと矛盾せず、そしてまた無内容でもない、生かしておこうと思わせるだけの見解を、針の穴を通すように述べねばならない。

「わたしは、仏像について訊ねたのだが」

ルイは目をつむった。

結局、解けないパズルと格闘するのはやめ、心のままに話すことにした。

「——異教徒(カーフィル)と疑われ、滅亡しかかった民。その中心地であるバーミヤンに、世界的にも類を見ない巨大仏像が建っている。パシュトゥンはそれを見てどう思うか」

話しながら、ルイは結論を探る。

ルイの言葉を反芻するように、ナジャフが小さく頷いた。

だから、とルイの口から声が出た。喉が渇いた。

「石仏は壊されたのではない。ほかならぬハザラの民を思い、自ら崩れ落ちた」

「世界が——」ここでナジャフが口を開いた。「世界が石仏を惜しんだそのとき、石仏の麓（ふもと）ではハザラという一民族が消されかかっていた。だが、人々は——」

ナジャフはいったん言葉を切った。まっすぐにルイを睨みつけ、後をつづける。

「人々は、この国に目を向けようと言った。わたしたちも、いったんは期待したものだった。けれど問題視されたのは、パシュトゥン女性のチャドリのことばかりだった」

そう言って、白内障に濁りつつある瞳をこちらへ向ける。

その奥の真意は読み取れない。不意に、ナジャフが苦笑した。

「本当に、わたしたちにそっくりだ」

「モンゴロイドと言うらしい」とルイは応えた。「ナオミのこと、なんとか話してはくれないか？」

ゆっくりとナジャフが頷いた。

「……ここはスィヤーチャールではない。わたしは、その村から逃げてきたのだ」

——その村ができたのは、暴君として知られるアブドゥッラフマーンの治世。

十九世紀のこの時代、さまざまな勢力が立ち上がっては蜂起した。そんななか、アブドゥッラフマーンは蜂起に失敗した敵兵の存在を地上から消すべく、死者すべての首を切り、ジャララバードに塔を築いた。

「黒い井戸(スイヤーチャール)はその時期に作られた」

それは井戸とは名ばかりの地下深くの収容所で、唯一の出口は、囚人と食料をなかに入れるための穴のみ。入れられた者は、それ以前の囚人の骨とともに地下に閉じこめられつづける。やがて、この忌むべき施設の名前が、村の名前となった。

敵は、周囲のものすべて。

村人たちはソ連軍と闘い、その後の内戦を闘い、タリバンと闘い、米軍と闘った。

だがやがて、その村も滅ぶときがきた。

「謎の病が蔓延した」

最初に発症したのは、街の床屋(ダラーク)。まず高い熱が出た。熱は次第に治まったが、話す言葉が不明瞭になり、靴を金庫に隠すといった奇行が目立ちはじめた。そのうちに、寝転んで日がな太陽を眺めるようになった。病はたちまち村中に広まった。

「そこに、あの黒いターバンの連中がやってきたのだ」

男たちは防塵マスクで顔全体を覆っていた。

村人たちは本能的に銃を手にしたが、譫妄状態とあり統率が取れず、それどころか同士討ちが頻発した。ソ連にもタリバンにも敗れなかった男たちが、無抵抗に殺されていった。

残った村人は集められ、焼き殺された。

ナジャフは病が発症せず、逃げ延びることができた。

ほかにも逃げ延びた者はいるはずだが、散り散りとなり、もう連絡が取れない。

「……PLFか？」

「わからん」

ナジャフは確信が持てない様子で首を傾げた。

黒いターバンといえば、かつてのタリバン。そして、その流れを汲むパシュトゥン解放戦線(PLF)だ。

顛末を聞く限りでは、ただの病とは思えない。あるいは、生物兵器のようなものか。

だが、PLFに生物兵器を作るだけの施設や技術があるとは思えない。かつてのタリバンと比べ、彼らの力は強くない。民族主義を掲げるPLFには隣国も冷淡だ。イランは同じシーア派のハザラ人に好意的であるし、パキスタンは国内に民族問題を抱えている。

「連中は何語を話していた？」

「パシュトゥン語だ」

ルイはペシャワールで見た英字新聞を思い返す。パシュトゥン人の勢力が、ハザラの住む村を焼き払ったこと。隠れたホロコースト。――それは、この事件のことだったのだ。

「……そして、ナオミ・ヴァレンティンがあなたを見つけ出したわけか」

「しきりに自責していたようだ。〝自分が、百万の死に加担してしまった〟とな」

「どういう意味だ？」

「わからん」とナジャフは首を振る。

「わかった。……彼女が殺された以上、あなたも移動したほうがいいように思う」

それから、「あなたのだ」と写真を返そうとして、言葉に詰まった。ダリ語には所有代名詞がないのだ。ふと、ここで疑問がよぎった。

「ナオミは一人でここへ？」

「いや」とナジャフはまた首を振った。「ウズベク人の通訳がいた」


その男はサラヤ・ゲストハウス近くの馬小屋に寝転んでいた。獣の匂いに、うっすらと酒の匂いが混ざっている。噎（む）せそうになった。ウズベクの男はルイを見るなり言った。

「あの女、こんな場所に押しこめやがって」

「……なんのことだ？」

「何って、酒を飲んでたら宿を追い出されたのさ。糞、麻袋（ジョワーリー）は気にかけておいてよ」

麻袋とはハザラ人の蔑称だ。肉体労働者が多いことから、こう呼ばれることがある。嫌悪感を抑え、ルイはアフガニ札を握らせようとした。だが、男は見向きもしない。

「そうか」とルイは頷き、一言脅してみた。「おまえがナオミを売ったんだな」

これで相手が急に慌て出した。身を起こし、何事かルイの知らない地方語でわめきはじめる。

　ルイは男の前にウイスキーのボトルを置いた。

「土産だ」

「ふむ……」

　たちまち、男の態度が軟化した。

　男の名はアフマド・カリ・ザイーフ。カブールで出稼ぎをしていたところ、ナオミに通訳として雇われたそうだ。だが米軍、それも女性をつれていたことで周囲の目が厳しくなった。ジャララバードに着いてからも、幾度も理由なく殴られたり脅されたりした。

　やがて怖くなって閉じ籠もり、こうして飲んだくれているとのことだった。

「だけどよ」とアフマドは訴える。「俺だって部族の男だ。酒は飲んでも人は売らない」

「部族の掟は厳しいのか」

「いろいろだ。高潔（イマムダリ）や庇護（ナナワテ）。……そして復讐（バダル）」

　ワリと呼ばれる掟のことだ。

　元はパシュトゥンのものだったが、いまやほかの部族も使っている。もっとも、これらはかつて掟でもなんでもなかった。この場所を訪れた英国人が、ロマンティシズムとともに見出した虚構なのだ。それが民族主義の台頭とともに逆輸入され、あたかも千年の伝統のように語られることとなった。

「あんたの国にも掟はあるのか」

何も答えないわけにもいかず、口から出任せを言う。「努力、友情、勝利かな」

アフマドは興味もなさそうにウイスキーを開ける。

素焼きのコップに注ぎ、差し出してきた。受け取り、酔わないよう口の横から零す。

「おまえ、ナオミのことが好きなのか？」アフマドは赤みがかった目をルイに向けた。

「馬鹿言え」

「生憎だな、あいつはレズビアンだそうだぜ」

「……ＣＩＤというのは、単独で捜査をするものなのか」

「いや」とアフマドは首を振る。「圧力があり、撤退命令が出ていたらしい。それで、納得できず、一人で調査をつづけていると言っていた」

「調査……スィヤーチャールのことか？」――愚問だ。「米軍の仕業なのか？」

「やつらは虐殺をＰＬＦの仕業にしようとした。そして、影響力が落ちてきていたＰＬＦも、濡れ衣を好んで受け入れた。俺がそう聞いた、というだけだがな」

「村に広まった病とはなんだ」

「待てよ……」

ここまで協力的だったアフマドが、突然何かに気づいたように怯え出した。

「あんたは誰だ？　ナオミはどうした？」

「彼女の友達だ」——真実そのままではないが、嘘でもない。「ナオミは昨晩殺された」

アフマドは肩を落とし、それから酒瓶を手に大声でがなり立てた。

「異教の高潔な売女に！」そう言って、一気に酒を呷る。「あの女は……自分が〈種子〉を開発したと言っていた。それで、結果的にＣＩＤに雇われたんだと」

「種子？」——またそれか。

「世を平和にすると信じて作ったそうだ。なんだあいつは？　神の遣いか何かか？」

要領を得ない。

このとき小屋の外から、どん、と鈍い音が響き、驚いたアフマドが酒を零した。

ルイは反射的に身を翻し、門の陰に隠れる。アフマドが恐るおそる様子を見に出て行き、そのまま悲鳴をあげ、裸足のまま街道を駆けだしていった。

五分が過ぎ、十分が過ぎた。ルイはゆっくりと小屋から顔を出す。小さな塊が投げこまれているのが見えた。

あの老人——ナジャフの生首だった。

ザカリーの目は窪み、深い隈ができていた。たった一日で、数年も歳を取ったようだ。

テーブルの上には、未開封の酒瓶が一つ。飲もうとして飲めなかった様子だった。

戻ってきたルイを見るなり、「逃げなかったのか」と低い声で言う。

「……特に安全な場所もないんでな」

半分は本音だった。

話がここまで大きくなった以上、警察も、ほかのゲリラ組織も頼れない。そして最悪のケースは、米軍とPLFの双方から追われることだ。

可能なら、ザカリーとは友好的に別れておきたい。

「収穫は？」

そう言って、探るようにじろりと睨みつけてくる。

「さあな」とルイはとぼけた。「俺は旅人だ。あんたがいなきゃ、どのみち聞ける話も聞けない」

——ザカリーがナジャフの口を封じたのだとしたらどうか。

そのとき直接、ルイのことを聞いたかもしれない。その場合、ここへ戻ってきたのは間違いだったということになる。といって、戻ってこなければ、なおさら警戒される。

アフマドは警告のみで殺されなかった。違いがあるとすれば、周囲が街中であるかどうか。この部屋はどちらだろう、とルイは自問する。いや、どこへ行っても死地には違いないか。

夕暮れのアザーンが流れはじめた。

外では陽が暮れかかり、室内に西日が差していた。置いていったAKが壁に立てかけてあった。

手を伸ばすと、ザカリーがおもむろに口を開いた。

「整備しといてやった」

一瞬不安を感じたが、圧し殺して礼を言う。

「……ずいぶん疲れてるようだな」

「お互いさまだ。あの爺さんはなんて言っていた？」

「なんのことだ」

「いや……」とザカリーは首を振る。「なんでもない。実際疲れているようだ」

横目に、窓までの距離を測った。数メートル。後ろから撃たれて終わりだと結論する。考えろ。

ザカリーはナジャフと会っている。そしておそらくは、殺した。疲れているのは、この部屋で休んでいたわけではないからだ。ルイがあの老人を訪ねたことは知らないが、可能性としては考えている。だからこそ、こうして鎌をかけてきている。

それにしても、このザカリーの様子はどうだろうか。何か、状況が変わりつつあるのだ。だとして、それはルイにとって好ましい変化なのか。

このとき遠くから爆発音がした。

窓越しに目を凝らすと、小さく米軍のジープが見えた。つづけて、ザカリーの携帯端末が鳴った。舌打ちを一つして、ザカリーが端末を放ってよこす。メールの文面が表示されていた。

内容は、テレビドラマについての他愛ない感想だった。

「仲間と取り決めた暗号だ」ザカリーがため息をついた。「逃げろ、を意味する」

「なぜ」

「俺が消される番らしい」ザカリーの答えは、相変わらず簡潔だ。「仲間割れみたいなもんだ。命令通りやってきただけなんだがな……。まあ、八方塞がりだ」

「奇遇だな」とルイは苦笑する。「俺も八方塞がりなんだよ」

ザカリーは面白くもなさそうに笑った。「はじめて気が合ったな」

部屋のラジオからポップスが流れていた。別の曲を求め、ザカリーが何度かダイアルをいじる。ニュースが流れはじめるが、内容が聞き取れない。ルイは訊ねた。

「なぜ逃げない」

「無駄だ」そう言って、ザカリーは自分の背を指さした。「一度、命令に背いたことがあってな……身体にGPSを埋めこまれた」

「見せろ」

ザカリーは躊躇いながらも、上着を脱いだ。その背をさすってみる。ザカリーが目を瞑った。ちょうど心臓の裏側あたりに、傷跡と小さな突起があった。

「ナイフを貸せ」

ザカリーがナイフを抜いて手渡してくる。

先端をライターで炙(あぶ)りながら、ルイは考える。おそらく、すべての事件にザカリーは関わっている。そして、いつこちらへ銃を向けないとも限らない。いまなら、確実に殺せるかもしれない。だが――

相手の無防備な背に、ルイは目を向ける。

――世界中に一人も味方がいないというのは、どういう気分だろうか?

十文字に切った。背に収められていたのは小さなカプセルだった。もう一度ナイフを炙り、それを押し当てて消毒する。見回すと、窓際に鳥が留まっていた。カプセルを布きれで包み、鳥の足にくくりつける。街並は闇に呑まれつつあった。遠くで犬が吼えた。

ザカリーがボディアーマーを着こみ、右目に暗視装置(ナイトビジョン)を装着する。

「……しばらくしたら、あのときの警官を呼んでもらえ」

言われずともそうするつもりだった。

それなのに、自分でも驚くほど気持ちがついてこなかった。この男は確かに人を殺してきた。ナジャフを。そしておそらくは、ナオミも。だが、それがなんだと言うのか。この国で、人殺しでない人間を探せと言うのか。行方不明率(ミッシング)七割の道を通ってきたのは、見定めるためではないか。

悲劇と統計のあいだの一点――いま、ザカリーが立つような場所を。

「……ついていく。俺にもナイトビジョンを貸せ」

「なんだと？」

怪訝そうに、ザカリーが眉を持ち上げた。

「……いや、やめておけ。第一、俺たちに支給されるのは一つだけだ」

「二つあるはずだ」

相手が唾を呑むのがわかった。ザカリーは一瞬銃に手をかけ、それからまた手を離した。

天井のファンが、ジャララバードの温い大気をかきまぜていた。

「現場は暗闇だった」とルイは意を決して口を開く。「だからこそ、あるべきものがない。おまえがナイトビジョンを持ち去ったんだ。そうすれば、不可能状況になると考えて」

「憶測だ」

「おまえは言ったな。地味なスカーフなんかを巻いた女と。だが、あれはスカーフなんかじゃない。この地の平和の象徴――色鮮やかなタフタだったんだ。おまえは俺と一緒にそれを見ている。それなのに間違えたのは、ビジョン越しの緑色の景色が、頭に焼きついていたからだ」

「だとして……」

ザカリーはそこまで言って口をつぐむ。

窓に目をやると、鳥はまだ窓際にいた。ルイが手を叩き、やっと夕闇へ飛び去っていく。

「そこまでわかっていて、なぜおまえは逃げない」

「教えろ。ハザラの村に蔓延した病とはなんだ」

二人はしばらく睨み合っていた。双方の呼吸音が聞こえる。やがて相手が根負けした。

目を逸らし、ルイに二つ目のビジョンを放ってくる。

ついてくるなら勝手にしろ、とザカリーは吐き捨てるように言った。

4

闇の対岸で火花が上がった。視界はない。その向こうから、絶え間なく銃声が聞こえてくる。オーディオの切断ノイズにも似た音。人種、宗教、言語——千々に断ち切られた不連続な世界の、その谷間が奏でる刹那の歌声が。

裏道から裏道へ、ルイたちは前屈みに通りを抜けた。

車が欲しい。

ちょうど、茶のターバンを巻いた男がワゴン車から銃器を降ろしていた。車の側面には、日本の幼稚園の名前がレタリングされている。同じことを考えたらしく、ザカリーが男に向けてM4ライフルを構えた。

ルイはそれを手で遮(さえぎ)った。

「交渉してみる」そう言って、持っていたAKを背にかける。「だめなら奪うぞ」

両手を上げながら男の前に出る。

「車を売ってくれないか」

「……アーミーに売る車はない」

「逆だ。俺たちは、あいつらと一戦交えに行くんだよ」

一瞬、男の表情に迷いが浮かんだ。

このとき、物陰に潜んでいた男の仲間が発砲した。直後、ザカリーが男たちを撃ち殺す。たちまち、相手のカラコル羊の外套が血に染まった。ルイは運転席に飛び乗る。キーはつけられたままだ。エンジンをふかしたところで、ザカリーが助手席に乗ってきた。

「地雷を踏まないよう祈ってろ」そう言って、ルイはドアを閉める。

「どの神にだ」ザカリーが疲れ切った声でつぶやいた。

それには応えず、右目にナイトビジョンをつけた。これがなければ、路肩の紅白の石が見分けられない。ザカリーが荷台の武器を確認し、しゃがみこんで身を隠した。

街道に向け、ルイは緑の闇を急発進する。

しばらく走ったところで、米軍のジープとすれ違った。まもなく、ジープがUターンして追いかけてくる。銃撃にサイドミラーが割れ、破片が宙を舞う。

「装備を捨てろ!」とルイが叫ぶ。「GPSはほかにもある!」

「速度を維持しろ」

ザカリーが助手席の窓を割って身を乗り出した。手にあるのは、昔ながらの武器――対戦車擲弾(RPG)だ。直後、バックブラストの火花がフロントガラスにまで回りこんできた。バックミラーのなかで、ジープは大破して砂糖黍畑へ突っこんでいく。ザカリーは助手席に戻ると、疑わしい装備を次々と捨てていった。通信機。電波時計。クレイモア。ライフルの照準装置。そしてアーマー。

残ったのは、銃や榴弾(グレネード)、それからわずかなメディカルキットのみだ。

「急げ」とザカリーが言う。「車種は報告されているはずだ」

「だがな……」とルイが応える。「国境付近はあんたがたの実効支配。といってカブールも危ない。南へ行くと、今度はPLFの支配地域だ」

「カブールを北回りで迂回し、バーミヤンへ向かう」

バーミヤンはハザラの中心地だ。ほかの勢力も、まだそこまでは手を出せずにいる。

頷いて、アクセルを踏み入れた。

ビジョン越しに、かろうじて路傍の紅白の石が見分けられた。石を避けながら、街の目抜き通りを目指す。――ムスリムは言う。太陽が見えるようにするのは太陽自身だと。ならば、暗闇を見えるようにするものはなんだろうか？

周囲に車が見えなくなったところで、ザカリーと運転を代わることにした。カーナビゲーションがついてはいるが、半世紀以上も戦乱がつづく国。地図が、更新されていないのだ。

席を代わる際、一本の注射器を手渡された。

「念のためだ」ザカリーがぽつりと言った。「打っておけ。……死にたくなければな」

「これは？」

「拮抗薬だ」

ザカリーはそれだけ言うと車を出した。

何に対する拮抗薬なのか、説明はなかった。脳裏に、スィヤーチャールの病の話が蘇る。説明がないことが答えだ。ルイは静脈を探し、針を刺した。

奪えそうな車を探す傍らで、カーナビに目を向ける。

現在地を指す赤い三角が、安定していたころのアフガンを西へ走っていた。

そこまでだった。前方かなたの空が明るく輝き、星々を打ち消した。ロケット弾や曳光弾が飛び交いはじめる。戦場は遠く、ルイたちの場所まで音は届かない。

米軍とＰＬＦの闘いだった。

いつの間に接近していたのだろう。バックミラーに、敵のジープが映っている。

「ここまでか」ザカリーが舌打ちとともに言った。

ルイは地図を見る。それから、正面の闇に向け目を凝らした。

「……あと五十メートルだ」

「なんだって？」

車が停められる。ルイは助手席を降り、路傍の涸れ井戸を指さした。

「あの井戸、見覚えはないか？」

考える暇はなかった。ロープ伝いに井戸に入りこむ。すぐにザカリーもつづいた。後ろからライトを手渡された。前に来たのと逆方向に、横道のトンネルを走り出す。すぐ後ろで敵の榴弾が炸裂した。鼠たちが逃げた。土砂が崩れ、涸れ井戸が埋まる。遅れて、強い風が吹き抜けた。頭上からぱらぱらと土が落ち、肩や首筋に当たった。

トンネルが保たないかもしれない。

急ぐぞ、とルイは叫び、暗緑の闇へ駆け出した。肩が痛んだ。石でもぶつかったのか、カミーズが破れている。温い夜が肌にまとわりつく。東京の裏路地の匂いがした。

カーブを曲がったところで、ザカリーが口を開いた。

「だが、バーミヤンに着いたところで……俺は軍だから、パスポートもない」

「ヘラートからイランに抜ける。国境は、賄賂の五ドル札一枚で抜けられる」

言いながら、ルイは五ドル札の肖像を思い浮かべる。

人々の人々による、人々のための政治。——古い、アメリカの潰えた夢だ。

「イランにさえ入ればパスポートを偽造できる。こういうことは旅人にまかせておけ」

「おまえは……」とザカリーは言い淀む。「なぜ、俺なんかのために……」

「大国の犬を助けて、糞ったれな世界に一矢報いる」

露悪的に言ってみたが、案外本心という気もする。振り向いて撃ち殺してやりたい気もする。何が本心かなど自分でもわからない。打算を狂気が上回ったというだけだ。狂っていなければ、最初からこんな国など来ない。さらに悪いことに、戦争は人を狂わせる。

ザカリーが笑い出した。

「何がおかしい」

「いいから走れ、世界市民(コスモポリタン)。おまえは傑作だ」

前方に薄明かりが見えてきた。ダフマだ。

よじ登る。擂鉢状の床と、米兵やゲリラの死体が目に入る。月と星々がルイたちを照らした。ナイトビジョンが強い光を受け、反射的に右目を瞑った。投降しろ、と遠くから英語が聞こえた。抜け道の存在など、とうに把握していたというわけだ。海上の釣り船の光のように、横一直線に車や兵士が並んでいた。銃弾が足下を掠めた。

ダフマは封鎖されていた。

ザカリーが死体からM４の照準装置を拾い上げる。二人で門を挟み、構えた。敵はおよそ十人。こちらは二人。いや、一・五人か。榴弾（グレネード）を手に、ザカリーは一瞬躊躇った。それから、意を決したように外へ放る。不発に見えた。やがて、闇の底からスモークが湧き上がってきた。

噎せる兵士たちに向け、ザカリーが狙いをつける。

だが撃つよりも早く、兵士の一人が前触れなく倒れた。

敵の車の一つが、どこからか攻撃を受け爆発する。夜が震えた。タジク人ゲリラかと思った。違った。——削がれ、眼球の素子が露わになった顔。中央アジアの動く地雷。

暗闇に紛れ、数体のDX９が近づいてきていた。

「いいぞ」とルイがつぶやいた。「掻き回してやれ」

「じっとしてろ」ザカリーがささやきかけてくる。

DX９の生体認識は差分抽出だ。次の景色を予測し、それと異なる箇所を生物だと認識する。自分の呼吸すらもどかしいなか、時間ばかりが過ぎていく。DX９とアーミーの戦闘は一進一退だった。

「さっきの——」

グレネードはなんだ？　そう訊こうとして、異変に気がついた。

言葉が出なかった。自分がどの言語で話しているのかわからない。外の兵士たちは、まるで時間が止まったように動かなかった。不意に地面が歪み、傾いた。どこかで銃声がする。たった一発の銃声が、一分も二分も長く響いて聞こえた。

「あれ……」と、声が漏れる。「ザカリー、これは……」

自分の声にひやりとする。やっと出てきたその言葉は、しかし日本語だったのだ。

英語を話そうとするが、何も出てこない。英語とは何かもわからない。言葉と視覚が混ざり、濁っていった。まもなく文法が溶けた。異教徒（カーフィル）。所有代名詞のない言語。昔、日本人の医者が掘っていった。砂漠の死の天使。外国人であれば酒が買える。上からの情報よりよっぽど早い。黒い井戸（スィヤーチャール）。異教徒（カーフィル）。所有代名詞のない言語……。

風が流れていた。

大気の束はやがて捩（よじ）れて糸となり、ルイの言葉に合わせ紡がれ、編まれ、複雑な模様を夜に描き出す。――あの色鮮やかなタフタのような紋様を。

銃撃は止んでいた。

頭上で星が瞬いている。

一体のＤＸ９がダフマに紛れこんできた。ルイは反射的にフラッシュライトを向ける。相手が怯んだ。ＤＸ９の安物の素子は、光量差に弱い。その隙に、ザカリーが後ろから組み伏せた。砂にも暑さにも壊れない彼女らも、力は弱い。腕を取り、梃子（てこ）の原理で関節を折る。つづけて、もう一本の腕。削がれた顔に剝き出しになったカメラを、力任せに引きずり出す。DX9が叫ぼうとした。だが喉元のスピーカーは潰されている。

「起きたか」

ザカリーはルイの傍らに腰を下ろし、煙草に火を点けた。横腹から血が流れていた。

ルイの視線に気づき、ザカリーは苦笑する。

「……たいした傷じゃない」

「あのグレネードは？」

「〈現象の種子〉と呼ばれるものだ」

ザカリーは地面に銃を立て、気怠(けだる)そうに体重を預けた。

煙が吐き出される。

「開発者は、学生時代のナオミ・ヴァレンティン。メカニズムはこうだ。体内で高速増殖した細菌がシロシビンを生成し、それがセロトニン受容体と結合、宿主の知覚や言語活動を歪ませる。一口に言えば、空気感染するLSDだ。加えて、即効性の幻覚剤(サイケデリクス)もカクテルされている」

先ほどルイが目にした景色は、薬物による知覚変容だったということだ。

「本来は軍事目的ではなく、平和利用を意図して作られた。チューン・イン、ドロップ・アウト——感染が広がった先に生まれるのは、個人も集団もない一個の生命だとね。いわば、人為的なヒッピー・ムーブメント。人類的な幻覚体験こそが、紛争をなくしうると彼女は考えた」

ルイは唸った。

一人の死も百万の死もない世界。そこには、もはや悲劇も統計も存在しえない。ただ、一定の周波数で呼吸する人々がいるのみだ。――だが、それは。

「倒錯だ」

「ああ。そして、そんな代物は皮肉にも兵器以外の何物でもない。すなわち、戦闘それ自体を不可能にして、敵部隊を無効化する――ナオミの意に反し、菌は感染を拡大させたのち、世代を経て収束するよう改良された」

ザカリーの部隊の役割は、密かに〈種子〉を実戦投入し、データを採取すること。

ところが、通常のグレネードに細菌入りのグレネードが混入し、現地の村に〈種子〉が流出した。収束までにどこまで感染範囲が広がるかは、見てみなければわからなかった。だから、パシュトゥン人ゲリラを偽装し、村一つを丸ごと焼き払った。

「俺たちも、普段はこんなことはやらない」とザカリーは言う。「だが、とにかく時期が悪かった」

「大統領選か」ルイはザカリーが読んでいた新聞を思い出した。「二ヶ月後だったな」

「……命令に逆らうと、最初は勧告を受ける」

無表情に煙を吐いて、ザカリーは自分の背を指さした。

「その次がGPSカプセル。最後に、行動療法で頭をいじられる。スリー・ストライク」

「だが――」

「俺たちの部隊は、GPS入りの連中で溢れかえっている。一度は逆らったのだからしょうがない、ということだ。背の傷痕が、まるで善意の証であるかのように」

ルイは言葉に詰まった。

正当化しなければ偉いというものではない。そう指摘して、欺瞞を暴けばいいというものでもない。結局、小さく相槌を打つにとどめた。

「おまえたちの大将は、どんなやつなんだ」

「部隊長のことか」

「誰でもいい。おまえらが正面切って生物兵器なんか使うものか。考えられるのは、せいぜい現場の暴走。俺たちを巻きこんだ狂人が誰かくらいは知っておきたい」

「……至って普通の人間さ。おまえも会ってる」

「誰だって?」

「俺たちを引き合わせた将官を憶えてるか。名前はアキト・イシルガ。日系の有色(カラード)だ。日系であるがゆえに、昇進できずにいる。だから、ただの実績じゃ足りない。少なくとも、本人はそう思いこんでいる。まあ、今回の件でイエメン送りだろうがな」

それで、とザカリーがつづける。

「どこまで話したか……。そう、隠し通せるものではないが、とにかく二ヶ月間は隠しつづけることになった。まずかったのは、ＣＩＤがこの地にナオミを呼び寄せたこと」

将官はすでに後に引けず、狂いはじめていた。

ザカリーはナオミを消すよう指令を受ける。ゲストハウスで居眠りをしたのは、前の晩に眠っていなかったから。だが、村を焼き払うことには目をつむっても、同族殺しは庇いきれない。

任務を受けた時点で、ザカリーの命運は決まっていたのだ。

「誤算はもう一つ。逃げおおせていた爺さんがいたことだ」

ナジャフやアフマドの居場所は、宿の少年から聞き出したそうだ。

老人の目が思い出された。嶮しく、それでいてすべてを見通したような――

「……神秘主義者（スーフィー）だったのかもしれない」ルイはおもむろに口を開いた。「彼らが目指すものは、神との交合や内面の探求。そのために、ときに薬物が使われる。そして、薬物は交差耐性を生む。だから、〈種子〉とやらも効かなかったのかも……」

ザカリーは煙草を揉み消し、その場に捨てようとした。

だがダフマのなかであると気づき、いまさら遠慮して吸殻をしまう。

「敵の車は動くかな？」

「動くさ」ルイは投げやりに応えた。

見渡す限りの砂漠に出た。

乾いた大地に、地雷を示す紅白の石ばかりが点在している。まるでゲームの駒を見ているようだ。戦車の通行を妨げるため、道は小刻みに急勾配する。車が跳ねるたび、ザカリーが苦しげにうめいた。出血のためか、口数は少ない。

陽が昇り、暑くなってきていた。

いくつもの荒れはてた村を過ぎる。こんな場所にも人は住んでいる。偵察機がカブールに向けて上空を過ぎ去った。その軌跡を見ながら、ザカリーが誰にともなくつぶやいた。

それは彼らしからぬ台詞だった。

「民族自決……」とザカリーは口にしたのだった。「その結果が内戦でもか？」

前方に人影があった。

頭からチャドリをかぶり、手を挙げて佇み車を待っている。連れはいなかった。

「気をつけろ」とザカリーが鋭く言った。「爆弾を巻いてるかも」

「そうじゃないよう祈れ」

車を停め、後部座席に乗せる。

思わぬことに、チャドリの奥から、ありがとう、と英語が聞こえた。驚くほど幼い声に聞こえた。

「目的地は」とザカリーが後部座席に向けて訊ねる。

「ＰＬＦのキャンプ」

ぎょっとして、二人同時に振り向いた。

相手は戸惑いながら、チャドリをめくってみせた。

反射的にザカリーが銃を構え、痛みに顔を歪める。

チャドリのなかにいるのは、一体のＤＸ９なのだった。顔は削がれておらず、喉もつぶされていない。状態は新品に近い。細身の身体に、大量のＣ４爆薬を巻きつけている。

「……友達の復讐（バダル）なの」

——逃げてきたのだという。

輸入されたＤＸ９は、工房でファームウェアを上書きされる。パシュトゥンの掟が、あらゆる原則より上位に来るように。それから、いくつものプラグインをインストールされ、最後には顔を削がれ戦場へ送られる。その工房から、隙を見て逃げ出してきたそうだ。

だが、仲間たちが兵器にされていると知り、来た道を引き返した。

「驚いたな」とルイはぼやくように言った。「おまえら、喋るのか」

ザカリーは呆気に取られていたようだが、やがて「もっといい方法がある」と言うと、例のグレネードをＤＸ９に手渡した。

「人間のみに感染し、無力化させる細菌が入っている」

「そう」わかっているのかいないのか、DX9が頷いた。「くれるの？」

「手放したいだけだ」

それにな、とザカリーはつけ加える。

「復讐したいなら、一人で自爆しても意味はない。仲間を助け出し、組織しろ」

「この兵隊さんはね」ハンドルを手に、ルイは軽口を叩く。「仲間に恵まれなかったんだよ」

「うるせえ」

ミラー越しに、DX9がチャドリを被った。その様子を見ながら、ルイはこんなことを思う。あのとき、ダフマで咄嗟に出たのは日本語だった。もう、長いこと喋っていないにもかかわらずだ。あの日本語はどこからやってきたのだろう？　逆に――すべての言語を話せるこいつらの目に、世界はどのように見えているのだろう？

荒れ地の一部がうっすらと緑がかり、ところどころに花が咲いていた。

岩山に沿って、無人の村がいくつもつらなっている。涸れ川が道を横断していた。橋が崩れ、迂回路に沿って板が敷いてある。そうして、一時間ほど走ったろうか。

「このあたりだから」とDX9が外を指さした。

ルイの目には、砂漠と岩山が延々つらなっているようにしか見えない。

だが、どこかにゲリラのキャンプが隠されているのだろう。ルイはDX9を降ろす。

これで、種子はふたたび拡散しはじめたわけだ。

バックミラーのなかで、DX9は手を振りながら小さくなっていった。それを見ながら、ふとルイは夢想する。ヒンドゥークシュの山奥で、ひっそりと暮らすDX9の集団を。まるで、古代の山上のニザリ教団のように。

一人とも百万人とも違う量産品の群れ。それはナオミが思い描いた世界とそっくりだ。

ザカリーがぽつりと言った。

「歌ってもらえばよかったな」

「ああ」

「……あれが最後の一個だ。世界は平和になると思うか？」

「馬鹿言え」

それだけ応え、ルイはかつてのナオミを思う。人のセクシャリティが見分けられないと嘆いていた少女のことを。否——あれは、本当に嘆きだったのだろうか。

あるいは、呪いのようなものではなかったか？

人を種子に感染させれば紛争が終わるなどと、彼女は本気で信じていたのだろうか。世界を根底から塗り替えてやりたいと願う暗い祈りが、なかったと言えるだろうか。

ザカリーが鼻歌を歌い出した。それは英語の子守歌だった。やがて前方遠くに分岐が見えてきた。青や白にペイントされた、小さな商店街(バザール)が見える。そのところどころから、赤いテントがせり出していた。人の気配が、ここまで伝わってくる。おそらく、音楽も鳴っているはずだろう。ここから、道なりに進むとカブール。北へ折れると、チャーリーカールの街。

その先が、標高二千五百メートルのバーミヤン渓谷だ。

じっと景色を見ていたザカリーが、いいところだな、とつぶやいた。

「停めてくれ」

「え?」

「ここでお別れだと言っている」

何を言っているのかわからなかった。負傷した身体で歩けば、バザールまで何時間かかるかわからない。

だが、ザカリーは真っ直ぐに道の先を指さすのだった。

「カブールへ行け」

「……手当がまだだ」

「助からない」

まるで壊れたラジオの話でもするようにザカリーは言う。その口調に、逆に真実味が感じられた。ルイは車を停める。だがそれは、納得がいかないからだ。

「冗談じゃない」――どうしてか、相手の顔が見られない。「おまえは俺とイランに行って、そしてスィヤーチャールでの戦争犯罪を告発するんだ」

自分の言葉に自分で驚いた。これまで、そんなことは考えもしなかったはずだった。

ザカリーはまじまじとルイの顔を見つめた。驚いたような表情はやがて苦笑に変わり、無表情になり、徐々に生気が失われていった。

「あの機械といい」と、ザカリーが口を開く。「おまえといい、まったく嫌になる。到底、真似できそうにないな」

「何を言ってる」

「いつだったか、悲劇と統計の話をしていたな」

一人の死は悲劇だが、百万の死は統計――争乱において、人は悲劇すらをも奪われる。

だが、それがどうしたというのか。

「ザカリー、俺は――」

「憶えておけ。……六百万分の一になりたい人間もいるんだ」

すぐには、なんの数字であるかわからなかった。それから、ザカリーがユダヤ人であったことを思い出す。それは第二次大戦中、彼らが殺されたとされる数なのだ。

銃を手に、ザカリーが車を降りた。乾いた足音がした。温い風が車内に吹きこんでくる。

ルイは行けとも戻れとも言えなかった。ザカリーが目を逸らして言った。じゃあな、世界（コスモ）

市民（ポリタン）。

ドアが閉められる。

ザカリーは数歩進んでから、振り向いて顎でバザールを指した。

やりきれないまま、ルイはアクセルを踏みこんだ。去り際にザカリーが何事か叫ぶ。だがそれは、風とエンジン音に紛れて聞こえない。ミラーのなかのザカリーは、行者のようにも囚人のようにも見えた。ルイは目を背ける。遅れて、銃声が渓谷にこだました。

バザールが迫っていた。

遠目には、まるで砂場に敷かれた小さな織物だ。水源が近づき、低木が目立ちはじめた。目の奥が痛んだ。ルイはナイトビジョンをつけたままであることに気がついた。ハンドルを片手に右目のビジョンを外し、窓から投げ捨てる。世界は変わらず二重写しのままだ。

主要参考文献

『アフガニスタンのハザーラ人――迫害を超え歴史の未来をひらく民』サイエド・アスカル・ムーサヴィー著、前田耕作、山内和也監訳、明石書店（2011）／『タリバン――イスラム原理主義の戦士たち』アハメド・ラシッド著、坂井定雄、伊藤力司訳、講談社（2000）、『タリバンの復活――火薬庫化するアフガニスタン』進藤雄介、花伝社、共栄書房（2008）／『アフガニスタン――戦乱の現代史』渡辺光一、岩波新書（2003）／『さまよえるアフガニスタン』鈴木雅明、花伝社、共栄書房（2002）／『戦争の果て――カブールからバグダッドへの道』吉岡攻、東京図書出版会（2004）／『アフガン山岳戦従軍記』惠谷治、小学館文庫（2001）／『アフガン25年戦争』遠藤義雄編著、平凡社新書（2002）／『医は国境を越えて』中村哲、石風社（1999）／『イスラムの神秘主義――スーフィズム入門』R・A・ニコルソン著、中村廣治郎訳、平凡社ライブラリー（1996）／『カンダハール』モフセン・マフマルバフ監督、ブロードウェイ（2002）／U.S.Army Criminal Investigation Command (http://www.cid.army.mil)

ハドラマウトの道化たち

To Patrol the Deep Faults

1

　このごろアキトがよく見る夢がある。夕暮れのなか、仲間みんなで同じ家へ帰るというものだ。場所は学校近くのバウアリー通りかもしれないし、見知らぬ異国の市場(スーク)かもしれない。ただそれは決まって夕暮れで、そして店があり人々が暮らしている。

　行軍は大所帯だ。

　そこには既婚者もいれば死んだやつもいる。足並みは揃わないが、心はそうじゃない。みんな昔みたいに笑っている。目覚めれば、柄になく切ない気分にもなる。

　——アキトは軍人だ。

　ミッションを終えれば、同僚と同じねぐらへ帰る。その点は夢に見る暮らしと変わらない。だが決定的に夢とは異なる点がある。誰とも心が通っていないことだ。

　目を開けると、土を塗り固めただけの天井がある。ハンモックの下の床も、剝き出しの土だ。

顔を洗い、デザートパターンの迷彩に身を包む。

迷彩は、柄も素材もここ十年変わり映えしない。ブーツは足に合わず、米本国から取り寄せた。髪を直し、櫛を棚に置いておく。棚には古い農耕具やら火縄銃やらが雑多に並んでいる。

作戦にあたり、アキトたちは現地の農家から新市街の古い倉庫を借り受けた。一応片付けられたらしいが、古い道具はそのまま残されている。

隣の部屋では、部下の兵士たちが朝食を摂っていた。

アキトが顔を見せると、その談笑がぴたりと止む。輪のなかに一人、顔色が悪い兵士がいた。どうかしたか？　とアキトは声をかける。

「熱っぽくて……」

「待ってろ、体温計を――」

馬鹿、と別の兵士が遮り、アキトに愛想笑いをした。大丈夫ですよ、サー。

大丈夫なものかと思いつつ、アキトは頷いて部屋を後にする。部下たちが心を開かないのは、アキトが日系人だからではない。それは彼の性格によるものだ。

――外の視界は悪かった。

砂煙かと思えば、一帯に霧が立ちこめている。小さな岩の上で、兵士の一人が銃の手入れをしていた。兵士は片耳につけていたイアホンを外し、アキトに向け会釈をする。

「砂漠にも霧が出るのか？」

「異常気象です」

幅にして一マイルもある涸れ川の底を、白い霧が西へ流れていた。

その姿はまるで、古代の川の幽霊だ。

霧の向こうに、うっすらとハドラマウト・シバームの旧市街が浮かび上がっていた。日干し煉瓦を積み上げて作られた、古代の摩天楼だ。街の起源は、紀元前四世紀にまで遡る。

霧越しに見えるシルエットは、マンハッタンと変わらないようにも見えた。

住居が上へ上へ伸ばされたのは、もちろん街の景観のためではない。

雨期の鉄砲水や、ほかの部族の攻撃から身を守るためだ。迷路のような街並みと背の高い建造物は、戦時には要塞に変わる。それがいま、アキトたちの前に立ちはだかっているのだった。

手入れを終えた兵士が、そのシバームの景観を前に苦笑した。

「噂の兵器はないんですか」

兵士の名はパブロ。皆にはキプと呼ばれている。

皮肉は言ってくるが、悪意はなく、アキトのような相手とも平気でつきあう。だから皆には好かれている。仇名の由来は、出身地であるキプロスからだ。アキトだけが、彼をパブロと呼びつづけている。結果、キプとのあいだには距離がある。いつかキプと呼ばせてやるとキプは言う。呼んでやるものかとアキトは思う。

「あれは使わない。効果も確認できたからな」

「なんだ、楽できると思ったのに」

かつてアキトはアフガンで生物兵器を流出させた。人手不足の軍は、アキトを処分するかわりに、別の紛争地へ送りこむことにした。そして飛ばされてきた先が、このイエメンだ。次はソマリアだと人は噂する。

問題の兵器は、いまも懐(ふところ)に試作品がある。榴弾(グレネード)に封じた細菌で、名前は〈現象の種子〉――もう使う気もないが、落ちぶれるきっかけとなったこの兵器を、どうしてかアキトは手放せない。無意識の自戒かもしれないし、あるいはただの惰性なのかもしれない。

上官によると、イエメンはシバの女王の土地だという。

ただしシバの女王はすでになく、かわりに無政府状態で部族同士が争っている。

本国が支援するのは、マディナと呼ばれるゲリラ組織だ。支配地域は全土の一割と小さいが、民衆の支持率が高い。だからマディナが支配勢力となれば、その後の安定した利益が見こめる。

アキトの部隊のミッションは、彼らマディナと協力し、この街に近年興りつつある新宗教を叩くことだ。ただし、本国からかけられた制限がある。世界遺産の建造物には傷一つつけてはならないのだ。

キプがぼやいた。

「人と建物、どっちが大事なんだか」

「……エノラ・ゲイのころとは違うらしい」

「残念ですか？」

「残念だ」

まるで最高の冗談でも聞いたみたいにキプは笑う。

冗談じゃないとアキトは思う。

建造物にも配慮すること。軍のこの手の寛容は、しょせんは余裕の産物だ。余裕がなくなれば、国一つを平然と焼き払う。いずれにせよ泣くのは兵士や民衆だ。

アフガンにいたころ、アキトは尽きることのない怒りのようなものを抱えていた。内戦をやめない現地人も、傲慢な米軍も、自分の劣等感のルーツである日本とやらも、すべて滅びてしまえばいいと思った。思想はなく、ただ怒りのみがアキトの原動力だった。彼の願いは一つ。やがて日本がまた戦争を起こしたとき、そこに住まうイエローどもを一人残らず焼き払うことだ。

何かがおかしいとは自分でも思う。おかしくなった分岐点は、どこまで遡っても見つけられない。

しかもアフガンで失敗してからは、かつてあった怒りさえもが消えつつあるのだった。丸くなったと言われることもある。実際は、いっさいが失われ、まったくの空っぽになったというだけだ。

おそらく——とアキトは思う。

いまの自分は、世界のどこかにあるだろう死に場所を探しているだけなのだ。

自分は孤児だとアキトは考えている。それは血縁上の孤児を意味しない。思想の継承、人種の継承、正義の継承における、拠りどころのない精神の孤児なのだ。

「……街を見てくる」

「一人でですか？」

「そのほうが目立たない」

指示にはない単独行動だ。

しかし、無理を通せと言われているのだ。見ないことには、話にもならない。そして自分以外の誰かを送りこんだところで、なんの問題も起こさず戻ってくるとも思えない。

「まずいです」

「いいか、ついてくるなよ」

念のため、アキトは釘を刺す。どういうわけか、キプは自分に懐いているのだ。

——キプが外したイアホンを拾い上げ、聴いてみた。

古いイギリスのラブソングが流れていた。きみの息づかいも、足取りも。作り笑いも、嘘の誓いも。アキトは首を振り、イアホンをキプに返す。

キプは咳をしていた。

「風邪が流行ってるのか?」

「大丈夫です、薬を服んでますんで」

霧が晴れてきた。

棗椰子(ナクル)の木が一つ二つと姿を見せる。

蜃気楼のような高層建築の高さは、約三十ヤード。だいたい、十階建てのビルと同じくらいだ。建物はほぼすべてが泥によって作られる。セメントも鉄骨もなく、崩れれば砂へ還るだけ。

低層部には色とりどりの洗濯物がはためき、高層部からはパラボラアンテナや太陽光パネルやらが突き出ている。

地下には、先史時代の名もない遺跡が埋まっているという。

外縁部の建物は倒壊し、砂漠と同化しつつあった。それでも街は砂漠には還らない。なかには建造中の建物も見えた。新しい建物も、素材は泥だ。それはこの街が世界遺産だからではない。石やコンクリートを使う金も資産もないからだ。

崩れては、また建て直す。それがもう二千年以上もつづいている。

先住の部族民は多くがシバームを離れ、周辺地域に居を構えた。

日干し煉瓦の家は不安定で、世界遺産に指定されたせいで取り壊すこともできない。いったんはゴーストタウンにまでなりかけたそうだが、やがてクルド系の住民や犯罪者、被差別のユダヤ教徒が流れついた。いまや、移民の地となっている。夜明けには礼拝をうながすアザーンが流れ、正月には中国人が爆竹を鳴らす始末だ。

むろん周辺の部族民は快く思わない。幾度となく、彼らはシバームの奪回を試みた。対する住民たちは、人種も信仰もばらばらな寄せ集めだ。結束しようにも旗印がない。

それをまとめたのが、ジャリア・ウンム・サイード。これからアキトたちの敵となる新宗教の女性教祖だ。ただし組織の実態は宗教とは程遠い。ジャリアが打ち出した教義は、ただ一点。

多様であること。

隣人との差異を認めること。その限りにおいて、何を信仰しようとも構わない。

2

シバームの街は大きく二つに分かれる。

一つは、涸れ川の岸に位置する新市街。アキトたちが倉庫を借りた場所でもある。もう一つが、いまいる中州の旧市街だ。旧市街には五百以上もの泥のビルが建てられ、所狭しとひしめき合っている。人口は約二万。この全域が、ジャリアの新宗教の支配地域だ。

上空から見たときは、まるで密集した蟻塚のようだとアキトは思った。しかしいざ侵入してみると、マンハッタンの裏道でビル風に当たっているようでもある。

頭の上で、赤や黄色の洗濯物がはためいていた。

陽差しは高層建築によって遮られ、ひんやりした風が小径の底を流れている。土の匂いがした。

道を先導するのは、今回の共闘相手であるマディナの幹部だ。名前はタヒル。アキトたちに対する組織の窓口でもある。タヒルはときおり振り向いては、ここが中国人地区、黒人地区、と訊いてもいないのにガイドのように教えてくる。迷路のような通りを右へ、左へ――アキトはときおり太陽の方向を見て、頭のなかの地図と照らし合わせ、いまいる場所を確認する。

道幅は狭く、両手を広げればもう左右の壁面にぶつかってしまう。

壁は垂直に切り立ち、はるか上に空のラインが縁取られていた。

通りざまに、壁面のところどころにナイフを立ててみる。風に晒され乾燥した土壁は意外なほど脆く、触れるそばから音もなく崩れていく。アキトは口のなかで悪態をついた。

このぶんじゃ、火力のある武器は使えそうにない。

タヒルが振り向いた。

「……ここはユダヤ地区だ。戦闘になれば、こいつらは人種別に部隊を組んでくる」

ああ、とアキトは生返事をした。

会話は意思疎通のための単純な混成語(ピジン)だ。教本は、軍が送ってきた不法コピーのドキュメント。二度と使うことのない言語だろうが、言葉を憶えるのも仕事の一つだ。

「このあたりは、昔からこんな景色なのか？」

「そうだな」と、間を置いてからタヒルが答える。「景色そのものは何も変わらない」

舌っ足らずな甘い発音。

頭を覆うティハマ織のスカーフから、ときおり能面のような顔が覗く。

この二時間前、シバームに入ったアキトが最初に接触したのがタヒルたちだった。

彼らマディナの目標は、移民や新宗教を排斥し、アラブのアラブによるイエメンを取り戻すこと。そのためには、外国からの支援も厭わない。

アキトの前に現れたタヒルは、移民が増え、信仰が拡散していく現状を訴えた。

しかし、アキトの目を引いたのはその外見だった。ＤＸ９――通称、歌姫。それは日本製の玩具なのだった。

面食らうアキトに向けて、

「我々は、DXに人格を転写してから自爆攻撃をしかける」

と、男たちの一人が重々しく口を開いた。

彼が言うには、自爆攻撃によってオリジナルの人間は世を去り、DX9のみが残される。

そしてタヒルもその慣例に従った。この機体は、間違いなくタヒルなのであると。

「わからんな」とアキトは腕を組む。「自爆攻撃なら、最初からDXにやらせればいい」

「それでは神に近づけない」

マディナは神秘主義(スーフィズム)を信仰のベースにしながら、そこに原理主義勢力の闘いかたを取り入れたという。この相反する組み合わせが、やがて奇妙な論理を生み出した。スーフィズムは、神と一体化しながら生きることを目指す。そして自爆テロが、神へのショートカットとなる。

生返事をして、アキトは彼らのアジトを見回した。

奥の部屋で、マディナの子供が唸るように一冊の本を朗読しているのが見えた。

しかしその本はコーランではない。神秘主義詩人にしてメヴレヴィー教団の始祖、ルーミーの語録なのだ。

異端の聖典と、状況に応じて変わる信仰。

なんてことはない、とアキトは思う。彼ら自身もまた、新宗教以外の何物でもないのだ。

同時に、自分たちが伝統の側であると信じている。俺たちもまたそうであるようにだ。

アキトの視線を遮るように、メンバーの一人が前に立った。

「……この街を仕切るジャリアは、外への勢力拡大を目指しているわけではない。その意味では、脅威とは言えない。だが、多様性は疫病だ。俺たちの村でも、女子供がカジュアルに信仰を選ぶようになるかもしれない」

マディナが内側から瓦解していくことを、彼らは怖れているのだという。

「俺たちが勝てば、まず麻薬(カート)の畑をつぶす。自給率を高め、石油は必要なことにしか使わない」

言っていることは頷けた。

だが、次第にアキトは苛ついてきていた。

マディナにはＤＸ９を導入する程度の資金はある。しかし、広域を支配するだけの力はない。住民を殺戮すると、後の統治が問題になる。だから、俺たちを悪役に仕立てておきたい。

それが、彼らの美辞麗句の裏に隠された打算だ。

「人権はどうなる」つい、当てこすりが漏れた。

「人権と精神性は二律背反(トレードオフ)だ」と、これにはタヒルが答えた。

ほかの男たちはこの意味がわからなかったようだ。タヒルの抑揚のない口調のせいで、弱腰の発言とでも思ったのか、頼むぜ、と一人がタヒルの背を叩いた。

あんたも大変みたいだな、とアキトは心中で苦笑する。

タヒルは無表情のまま、紙やすりで自分の頬を削っていた。

人格の転写と言っても、知覚もプロセッサも人体とは違うはずだ。そもそも転写されたかどうかすら疑わしい。あるいは、パラメータをいじっただけではないか。

本人がよければいいとも言えるが、まずその本人とやらがいない。

アキトは咳払いをした。

「念のため、順を追って確認させてくれ。いま俺の目の前にいる個体を、タヒルと呼ぶ。タヒルは、幹部としての権限を持っている。そういうものとして、これから俺はあんたたちとつきあう」

男たちがそうだと答えた。

「了解した。まずは街を見てみたい。観光客風の衣装はないか？」

ユダヤ人地区を抜けると、そこは中庭のような一角だった。

小さな井戸が掘られ、うっすらと陽光が差している。

正面に、極彩色の壁画が描かれていた。グラフィティのようでもあり、イコンのようでもある。よく見れば、限られた色数のスプレー缶で聖母マリアを描いたものだとわかる。

触れると土が崩れ、マリアの足先がこぼれ落ちた。

多人種社会に、天を突く摩天楼——そして、下位文化のような信仰形態。まるで、ニューヨークのパロディだとアキトは思う。

「もういい」とアキトは前を歩くタヒルを呼び止めた。「一人で歩かせてくれ」

案内はありがたいが、タヒルは人通りのない小径ばかりを選ぶ。それなら一人で歩いたほうがましだ。ちょうど、道の向こうに市場が見えたのだった。

「わかった」とタヒルが抑揚のない口調で応えた。「充分気をつけろ」

そう言い残して、足早に道の向こうへ消えていく。

姿が見えなくなるのとほぼ同時に、アキトの端末がメッセージを受信した。送り主はタヒル。長文なので、あらかじめ書いたものと思われた。

読み進めるにつれ、ため息が漏れた。いまのマディナには多人種社会を統べる力がない旨、新宗教との共存を考えたい旨などが書かれていた。

仲間たちの手前言えないことを、こうやって書き送ってきたというわけだ。

メッセージはもう一つ、キプからのものが入っていた。

——面白そうなので後をつけた。街が迷路状になっていて、迷った。連絡されたし。

これに対してはすぐに返信を打つ。観光じゃないんだ、帰れ。

市場に出た。

　空が開け、陽差しが上から照りつけてきた。それまでうっすらと聞こえていたドラムの四つ打ちに、明るい角笛(ジョファー)の音色がかぶさった。気温は華氏九十度を超えているが、乾燥しているため暑さは感じない。

　広場には赤や青のパラソルが並び、その下に果物売り(ファケハ)や野菜売り(コダラワ)が店を広げている。

　林檎を手に取ってみたが、表面はかさかさに萎び、味は悪そうだ。

　バックパッカーか、と店の主が質問してきた。そんなところだとアキトは答える。

　その横で、中国人の女が大声で漬物(ゼトン)を値切りはじめた。イスラム教徒に配慮してか、女は頭にスカーフを巻いている。普通の田舎町のようにも見える光景だった。たとえるなら国境付近の、人種や宗教の混じり合った村のような。

　急に人々が静まった。

　物売りや通行人が、一様に目を伏せ道を開ける。そのあいだを、一体のＤＸ９がゆっくりと通り抜けていった。身にまとっているのは、男性用の民族衣装(カントーラ)だ。色は、自警団を意味する青。

　――ジャリアが掲げたのは、いっときの結束を超えた永遠の多様社会。

　そのために、彼女は欧米の完全自由主義(リバタリアニズム)を援用した。その結果生まれたのが、過剰なまでの個人主義と競争原理。それを監視するのが、どの人種にも民族にも属さない存在、ＤＸ９だ。

　DX9は無表情に市場を見回しながら、やがて通りの奥へ消えていった。

　住民の緊張がほぐれ、先ほどの中国人女が思い出したように価格交渉に戻る。アキトは棗椰子売りが店を広げているのを見つけ、実(タムル)を袋一つ買った。

　売りものが人目に触れないよう、布のカバーをかけた店があった。

　布をめくってみると、いったいどこから仕入れてきたのか、紙製の古いポルノ雑誌が並べられていた。

「禁制品なのか?」

「必ずしもそうじゃない。だが、こういう品は揉めごとの種になるんでな」

　レンジャーが生物の多様性を守るように、この街のDX9は思想の多様性を監視する。

　彼女らが守るのは、種の遺伝子ではなく、思想の遺伝子(ミーム)だ。

　人が他者の信条や価値観に介入しようとするとき、DX9は銃を抜き、萌芽しはじめた危険思想を取り除く。たとえば、ポルノグラフィなど見たくないと誰かが言ったときに。

　あるいは、女性はヴェールをかぶるべきだと誰かが言ったときに。

　その多くが、自分たちの大切なものを守りたいだけだったとしてもだ。

「……もし揉めごとが起きて、それをDXに見咎められたら?」

　店主は黙って自分の首を切る仕草をした。

　やれやれだとアキトは思う。

二つの集団が対立している。一方は画一的な伝統を掲げるが、その教義は多様そのものだ。もう一方は多様性を掲げるが、実態は別種の画一性でしかない。そして、どちらの肩も持つ気になれない。しかし、闘いが終わればどうだろうか。シバームの多様社会は空中分解する。

自分と同じような精神の孤児が無数に生まれる。

ふたたび、アキトはタヒルからのメールに目を落とした。

3

漆喰は古く、あちこちが剝がれ落ちていた。

狭い急な階段を、アキトは一歩一歩上っていく。泥の摩天楼の低層階は、壁も天井も厚い。重量を支え、雨期には鉄砲水に耐えなければならないからだ。窓は細く、ほとんど光も入ってこない。ごう、と金属的な低音が地の底から鳴り響いていた。

黴（かび）の匂いが鼻を突く。

ライトを点けると、渦巻状に塗られた漆喰が白く照り返した。二階、三階、と上るうちに、時間感覚や平衡感覚が麻痺していくように感じられる。

上り切ったところで、目の前をカーテンが遮った。

ノック代わりに壁を叩くと、奥から女性の声がした。

「天から降るのでも、地から湧くのでもない水とは？」

「……馬の汗だ」

古代、ソロモン王がシバの女王に問いかけたとされる謎かけだ。

女王は現在のイエメン一帯を統治していたが、武力では北のイスラエルが勝っていた。侵略を防ぐため、彼女はイスラエルのソロモン王に貢ぎ物を送った。だが傲慢なソロモン王はそれをよしとせず、女王を呼びつけて知恵比べを仕掛け、知恵比べに敗れた女王はソロモンに降（くだ）ったという。

聖書によれば、二人のあいだにはその後ロマンスが生まれる。コーランによれば、女王はイスラム教に帰依する。気の強い女を征服したい男は、いつの時代にもいる。

「失礼する」

アーチ状にしつらえた飾り窓から光が差していた。

ステンドグラス越しに、赤や青、黄色や白の光が応接の絨毯（マフラージ）に落ちてきている。中央には水煙草が一つ。壁の三方にマットレスが組まれ、数名の男女が向かい合っている。

正面に、横たわるように坐っているのがジャリア・ウンム・サイードだ。

ヒジャーブの奥の目は片方が焼け、つぶれていた。

「……この世でもっとも美しいものとは？」

「肉体に宿る魂」

「もっともおぞましいものは」

「魂のない肉体」

答えは、昔読んだ冒険譚から。読んだ場所は学校の図書館だ。疑問もなく英雄に憧れていた子供時代を、アキトは感慨もなく思い出す。

こちらの身元や用件は、すでに人を介して伝えてある。

取り巻きの男女は即席の大臣といったところか。一人、場違いな東洋人の男がいるのが気にかかる。男は念のためだと言い、アキトのボディチェックをし、いったんすべての武器を預かった。

ジャリアが足を組み直した。

裾から、焼けただれた足首が覗く。

「ずっと昔のこと」と、こちらの視線に気づいたジャリアが低く言った。「わたしは若いユダヤ教徒の青年と駆け落ちをした。わたしたちは捕らえられ、青年は部族によって処刑された」

「……怪我はそのときに？」

「部族の裁定は、わたしの父にも非があるというものだった。そして、父は二者択一を迫られた。一つは、家に火をつけ、わたしと二人で焼け死ぬ。もう一つは、小屋のなかで父がわたしを千の肉片に切り刻み、それを長老に差し出す」

ジャリアは水煙草に口をつけ、甘い煙を吐き出した。

「父は心中を選んだ。ところが火が消えたとき、わたしはまだ生きていた。それを見た長老は、わたしの罪は贖われたとして許しを与えた。けれど、どう罪があったのか、なぜそれが贖われたのか、いまもってわからない。だから——」

ここでジャリアは語気を強めた。

「わたしは、イスラムに搾取されたすべての女性性を体現する」

「……多様性にこだわるのも、それでか？」

「多様性はいわば資産だ。わたしたちは外に敵を抱え、内部に人種問題を抱えている。経済学者も名軍師もいない。それで、わたしたちは自らの多様性を逆手に取ることにした」

チェスのようなものだとジャリアは言う。

彼女が言うには、一九九九年に、チェスの名人が五万人を相手に対局をした。五万人はネットを介して次の一手を投票し、対局を接戦に持ちこんだ。多様性は、使い道次第で一人の名人に匹敵しうるのだと。

手から手へ、水煙草が回ってくる。

アキトは肺に入れないよう煙をふかしてから、

「わからんな」

と低くつぶやいた。

「俺たちの国は、常に多様であろうとしてきた。たとえば人種の坩堝。たとえばサラダボウルだ。しかし、いつの時代においても、結局は成功したとは言いがたい。俺たちができないことを、あんたはどうやって実現する？」

「仕組みの最適化の問題だ」

とジャリアが静かに答えた。

「わたしたちは直接民主制をとり、サーバーのデータ処理によって物事を決める。そうでもしなければ、人口を活かすことができないからな。この意思決定のための情報システムを、わたしたちは長老会と呼ぶ」

サーバーは物事の決を採るほかに、シバームが解決すべき問題を住民に問う。

住民は一人ひとりが問題解決の道筋を示し、それに対し、長老会は最適と思われる解を選別する。選別を機械にまかせるのは、民族や信仰の区別をなくすためだ。充分な人口があり、かつ充分に意見が多様であったとき、優れた解が見出される確率が高まる。

「意見が採用されれば報酬が発生するようになっている。とはいえ、どのみち人種間や信仰間の競争が働くので、あえて参加を促すまでもない」

こうして、電子の長老は経済行動や軍事行動の解を導き出す。

むろんそれは最適解ではない。しかし人が決めるよりはよい結果が期待できるという。元より、人種も信仰も違う人々の集まりにとって、有効な意思決定手段があるわけでもない。このシステムがなければ烏合の衆になりうるのだ。

だから、住民としても長老会を手放せない。

「多様なるものには」と彼女がつづける。「多様なもの同士を結びつける枠組みが必要になる。人種の坩堝を超えた精神の坩堝——それが、我々の長老会の先にあるものだ」

アキトはジャリアの言う仕組みを想像してみた。

住民たちはコンピュータを買うか借りるかして、自らの見解を投票する。見解が多様であるほど、そこに正解が含まれる確率が上がる。

だとしても、どうやってそれを探し出すのか。

あるいは、長老会なるものは実は張りぼてで、実際に解を定めているのはジャリア本人なのではないか。住民が納得し、意思決定がなされるなら、それは機能していると言える。

そして、機能していることが、アキトたちにとっては問題となる。

「……俺たちは、マディナと協力してあんたたちを解体しろと言われてやってきた」

命令を真面目に受け取るなら、ジャリアを拘束するなりして、多様社会に終止符を打てということだ。聞く限り、倒すべきはジャリアではなくこのシステムであるようだが、本国はそこまで考えていない。

「だが面倒はごめんでね。シバの女王に倣ってはもらえないか」

「具体的には？」

「状況のほうを変えてほしい。つまり、マディナとの協力体制を作ってくれないか」

ジュリアの隻眼が細められた。

「あなたの権限は？」

「状況を報告して、時間を引き延ばすくらいか。うまく進めば、晴れてソマリア行きだ」

「嫌だと言ったら」

「現代のソロモン王はもう少し傲慢で、もう少し欲深い」

ジャリアはため息をついてクッションに身を沈める。

このとき——それまで黙って聞いていた例の東洋人が、いいかな、と横から割りこんできた。

「アメリカは先進国だ。だが、先進国すぎるのも困りものだと思わないか」

「どういう意味だ？」

「おおかた、世界遺産を傷つけるなとでも言われてきたんじゃないか」

アキトは内心で舌を打つ。

この街に、軍師はいないのではなかったのか。

「だとしたら」と男は皮肉な笑みを浮かべる。「確かに、あんたの言う通り面倒だろうな。

何しろ、ここは古代からの城塞だ。まして、この建物があるのは街の中央」

　横目に男を窺（うかが）った。

　丈の長い民族衣装（カントーラ）に、上着を羽織っている。外見はイエメン男性とそう変わらない。違いがあるとすれば、首に短刀（ジャンビア）を提げていないこと。そして、目の光が異邦人のそれであることだ。

「おまえは？」

「名前はルイ。ただの旅人だよ」

「旅人がここで何をしている」

「見ているだけじゃ嫌になってきたんでね。それに、この街はとにかく興味深い」

　このやりとりを聞いていたジャリアが、どういうことかとルイに訊ねた。

「なんてことはない」

　とルイが肩をすくめた。

「シバームの建物は脆い。土でできている上に図体が大きく、ときには雨一つで倒壊する。どれもこれも、悪いことばかりさ。でも、だからこそ彼らはお家芸の爆撃を使えない」

　だから――とルイがつづけた。

「この街を落とすのは割に合わない。現代のソロモン王は金勘定にうるさいからな」

「なるほど」ジャリアが口中でつぶやき、それからルイのほうを向いた。「だがそれは、守りの上で有利だというだけだろう。ぶつかり合わずに済むなら、それに越したことはないのでは？」

「もちろん」

「ふむ……」

ジャリアが思案をはじめる。

このとき、ばたばたと足音がして、男が応接に駆けこんできた。男は息を切らしながら、いましがた街で起きた事件を報告しはじめた。それによると、一人の米兵が街へ侵入し、住民とトラブルを起こして喧嘩になったという。住民は撃たれて重傷を負い、兵士は逃走して行方をくらませた。

「あの馬鹿」と、思わずアキトは声を上げた。

報告の男が下がったところで、ジャリアが顔を上げた。

「その兵士を引き渡してもらおうか。話はそれからだ」

——できない相談だった。

どうあれこの場は、引き下がるしかない。預けておいた武器を回収したところで、ルイが声をかけてきた。

「あんた、日系人なんだね」

「ああ」

「もしかして、ここに来る前はアフガンに？」

アキトは足を止める。

「なぜ？」

なんでもない、とルイは独白するようにつぶやいた。

曖昧に頷き、アキトは応接（マフラージ）を後にした。階段を降りながら、簡単な顚末をタヒルにメールする。残念だ、と短い返事が届いた。

4

男はアキトたちを見て大人しく両の手を上げた。

泥の摩天楼は一部屋一部屋が狭く、採光も悪い。その一室が蠟燭の火に照らされ、隙間風とともに、水底のように光がゆらめいていた。

机の上で、即席のヌードルがまだ湯気を立てている。

「悪いな」とアキトは男に声をかける。「それが冷めるまでには出て行く」

アキトが男を制止しているあいだに、タヒルやほかの班員たちが部屋を走り抜けていく。

クリア、と奥から声がした。銃を構えたまま、アキトも奥の部屋へ後ずさりする。

「こんなことなら——」とキプがぼやいた。「俺たちなんかより特殊部隊を送ればいい」

「スーダンならそれも望めたかもな」とアキトは無表情に応えた。

　上からの作戦指示は、ヘリを用いて上空から侵入せよというものだった。

　そうは言っても、地対空を無力化する術がない。こちらからの砲撃は建物を壊すし、電磁パルス（EMP）の類いが配備されるわけでもない。首尾よく屋上に降りたところで、蜂の巣になるだけだ。

　旧市街の地図を前に、アキトたちは議論を重ねた。

「要は」とアキトは皆に言った。「古代の攻城戦だと思えということだ」

　ただし雲梯（うんてい）はなく、破城槌も投石機も使えない。街を取り囲んだところで、向こうはこちらを撃てる。こちらからは手が出せない。——誰かが言った。

「補給を絶ったら？」

「民間のトラックを攻撃し、そして民間人を餓えさせるのか？」

　インフラ、と別の誰かが口にした。そうだな、とアキトは頷く。

　シバームの弱点はジャリアの長老会（マジュリス）だ。それに基づく意思決定があるから、人種も信仰も違う人々が一丸となれる。逆にそれがなければ、敵の部隊は烏合の衆になりうる。

「電波塔と通信線を壊そう。ついでに電線も切っておくか」

電気は自家発電できるが、通信インフラはどうにもならない。

「そして、突入してジャリアを拘束する？」

「インフラが復旧すればシステムは動く。だから、ジャリアの拘束だけでなく、サーバー類も破壊したほうがいい。どうせ復旧するだろうが、復旧しない可能性もある」

「海外のクラウドが使われているのでは？」

「長老会(マジュリス)の内部ロジックは機密だ。それを海外に置くとは思えない」

だとして、どう侵入するのか。

上空からの攻撃は難しい。ならば下から夜襲をかけるか。

しかし、相手は高層都市のこと。敵は、すべての窓からこちらを狙撃できる。道は狭く、人海戦術も効果が低い。加えて、こちらが取るコースは決まっていて、これでは的が固定されているようなものだ。

「何かないか」とアキトはキプに向けて言った。「元はといえば、おまえのせいなんだ」

「そうですね……」

ばつが悪そうな顔をしながら、キプがおずおずと案を出した。

「上も下もだめ。それなら、いっそのこと、あいだを通っていくのは？」

「どういうことだ」

「中層階を突っ切るんです。具体的には、いくつかの少人数の班で、夜闇に紛れてシバームに潜入する。そして建物に入り、中層階を窓から窓へ横移動する。道は幅が狭いから簡単に飛び越えられます。最適なルートは、あらかじめコンピュータに探索させておく」

皆は顔を見合わせた。

気が乗らないが、ほかに妙案があるでもない。それで行こうと誰かが賛同した。

「あとは」とアキトがつけ加えた。「本部の顔を立て、ヘリも数機飛ばしておくか。それで、駄目だったということにしてUターンで戻ってこさせる。どのみち命令無視には違いないがな」

小径を挟んだ向かいの窓から、キプが手を振っている。

高さは六階、道幅は五フィートほどだ。下を見ないようにしながら、アキトはビルの隙間を飛び越えた。そのまま、窓から部屋に転がりこむ。――羊（メスバ）を焼いた残り香がした。女の悲鳴が響く。台所兼寝室のマットレスの上で、裸の男女が手を上げていた。

「祭の夜だってのによ――」

男がそんなことを訴えたが、アキトたちは無視して部屋を通り抜ける。

三次元地図で割り出した最適なコースは八本。そのすべてをたどる形で、班は八つに分けた。いま、それぞれが目的地へ向かっている。班を分けるのは単純にリスクヘッジだ。半数が目的地までたどりつけば、人数的には事足りる。

その先は、人質救出作戦（ホステージ・レスキュー）の要領で行く。

班の人数は、ライフル分隊から擲弾筒手を抜いた七名。

兵士たちはアキトに後方に残ってもらいたがった。死なれても困るし、何よりアキトがいると息が詰まる。対するアキトの主張は——どうせ作戦無視なら、前線にいたい。本音は、さっさと戦死して誰かに権限を委譲したい。

失敗時には、控えている本隊が人海戦術で街を囲み、そののちジャリアを拘束する。この場合、建築物の保存については諦める。ソロモン王の軍隊に敗北は許されないのだ。

——また別の部屋を突っ切り、次の窓へと急ぐ。

小径を飛び越え、窓を破って転がりこむ。窓を抜けるにあたって、アキトたちが決めたことは二つ。文化的に貴重な飾り窓は壊さない。木製の窓を選び、破っていくこと。

アキトは前転し、その勢いで立ち上がろうとする。——立てなかった。

額に金属の感触があった。

一体のDX9が、ライフルをアキトに突きつけていたのだ。

部屋はがらんどうで何もない。罠だった。元より、シバームの迷路状の街並みには、侵入者のルートを固定する役割がある。その発想を忘れずに三次元へ拡張すれば、こうしてルート上で待ち伏せすることもできる。

DX9は何も言わずトリガーに指をかけた。

それを、窓から飛びこんできたタヒルが組み伏せる。二体はアキトにぶつかりながら、もつれ、部屋の中央へ倒れこんだ。一瞬の躊躇いののち、アキトは叫ぶ。

「頼む、タヒル」

――二つの機構が軋んだ。

敵はタヒルを振りほどいて銃を持ち替える。タヒルは即座に獲物を蹴り落としたが、バランスを崩した。その隙に、相手が低くタックルしてくる。二体ともが倒れこんだ。DX9がタヒルの足を取ろうとした。その動きがぴたりと止まる。

タヒルの手からケーブルが垂れていた。

いつの間にもぎ取ったのか、DX9の画像センサ――二つの眼球が手に握られている。なりふりかまわず、相手がタヒルに頭突きを食らわせる。高い金属音がした。敵は身を翻すと、アキトたちが通った窓から飛び降りた。機体は背中から地面に落ち、そのまま動かなくなる。

クリアだ、とタヒルが甘い声で叫び、窓から後続のキプが飛びこんできた。

キプは振り向いて窓の下に目をやった。

「壊れたかな」

「まさか」とアキトが答える。「日本製だ。落下試験くらいやってる」

タヒルがアキトに手を差し伸べてくる。それをつかみ、アキトは立ち上がった。

通信端末で他班の状況を確認する。

八班のうち四班が、遅れながらも、待ち伏せするDX9を撃破して目的地へ向かっていた。ほぼ勝ちですかねとキプが調子よくつぶやいた。油断するなとアキトは諌める。

「降りるぞ」

次の突入ポイントは三階。そこでいったん待機し、他班と合流する。

階段は相変わらず急で、不揃いであるため、すぐに躓きそうになる。地上五階だというのに、地の底に潜っているような気がした。すぐ後ろで、タヒルの軽い足音がする。

振り返り、アキトは問いかけた。

「──あんた、自爆テロをやったんだろ」

「ああ」

「何を攻撃したんだ」

「このあたりに、ディスコを作ろうとした白人がいてね」

「……死んだら処女が迎えに来てくれるな」

「楽園で与えられるのは、処女ではなく葡萄だとする説がある」

生真面目に応えるタヒルの顔は、ティハマ織に隠れている。

顔が見えたところで、表情はない。そして表情は何も意味しない。タヒルが紙やすりを取り出し、織物の陰で忌まわしげに自分の頬を削りはじめた。

「わたしに言わせれば、葡萄のほうが価値があるがな」

そう言われても、選ぶなら女がいいように思える。アキトが黙っていると、

「ここは砂漠なんだ。一粒の葡萄がどれだけ貴重だと思う」

とタヒルがつけ加えた。

歌を歌うために最適化されたビブラートが、その語尾を震わせる。

「それに、断っておくがわたしは女だ」

「それなら」一瞬の絶句ののち、アキトは紙やすりを奪い取る。「――自分の顔くらい大切にしろ」

このとき皆の足が止まった。

――三階の広間で、あのときの東洋人が椅子に坐っていた。

「おまえか、中国人」

「日本人だよ」

ルイは訂正しながら、やれやれ、と言ってゆっくり両手を上げた。

日本人と聞いて、アキトは胸の奥がざわつくのを感じた。それを抑え、相手を観察してみる。ルイの手には、ピンを抜いた状態の榴弾(グレネード)が一つ握られていた。撃ったら破裂する、という意思表示だ。偶然この場所にいたとは考えにくい。しかし待ち伏せだとしても、目的がわからない。

アキトは時計に目を落とした。合流までには、まだ時間がある。

「ここまで来る道、ＤＸの待ち伏せを受けた。あの配置はおまえが考えたのか？」

ルイはそうだとも違うとも答えず、さてね、と言葉を濁した。

「なぜ、こんな街のために動くんだ」

「さてね」ともう一度ルイが応える。

「俺たちは民間人を殺さないとでも？」

「そんなことを信じてるのは、世界中であんたたちだけさ」

「……抵抗はあのＤＸだけか」

ルイは間を置いてから、わからない、と曖昧な答えをした。

「まだ確信がなくてね」

「なんだと？」

「……前にアフガンを旅していたとき、〈種子〉と呼ばれる生物兵器のことを知った。確か、人から人へ感染する細菌で、体内でサイケデリック・ドラッグを生成する」

とっさに、アキトは懐に手をあてる。

肌身離さず持っていた試作版の特殊グレネード。——それが、いつの間にか消え失せていたのだった。

「落としものかい？」とルイが皮肉な笑みを浮かべた。

グレネードを奪ったのが、自分であると主張しているのだ。アキトはそれを無視し、これまでの行動を振り返る。

あのときだ。

待ち伏せをしていたDX9との交戦。そういえば、あの機体は防戦一方だった。あるいは最初から、アキトの懐を狙っていたのではないか。

本当にそうか。アキトがそれを持っていると予想しうる機会はあったか？

――あった。ボディチェックだ。

あれが破裂したらどうなる。

戦況がひっくりかえる。というより戦闘自体が消滅する。

「その〈種子〉とやらだが――」と、ルイは頭上のグレネードを一瞥した。「菌は爆発的に感染を広げたのち、世代を経てやがて収束へ向かう。入れ物は、ちょうどこのようなグレネード」

「……だが、本物の爆弾かもしれない」

「だから、こうして話をしてみた」

ルイが言い終えると同時に、数体のDX9が部屋に飛びこんできた。

とっさに銃のトリガーを引いた。ルイとのあいだに敵の機体が割りこみ、銃弾を弾いた。

「ザカリーに謝れ」

そう言って、ルイはまるでペプシの瓶でも投げ捨てるようにグレネードを放った。

——スモークが部屋を満たした。

息を止める間もなく、DX9が襲いかかってくる。視界の隅で、ルイが下階へ走り去っていった。開け放しの窓から、煙が逃げていくのが見えた。

5

窓の外の広場では、祭が準備段階に入っていた。

楽団のチューニングの音が聞こえてきた。それとともに、ど、ど、とバスドラムが夜を震わせ、家々を震わせ、月と星々を震わせている。気の早い住人が歓声を上げた。あちこちから悲鳴や瓶の割れる音が聞こえてくる。広場の底には仰向けに寝ている者、隅に寄り添って愛をささやく男女、野菜を買った帰りに立ち寄った少年、少年は赤い真新しいシャツを着て何事か怒鳴っている、言葉はアラビア語や英語やクルド語やヘブライ語が混ざり、溶け合い、うねり、ぶつかり合い、まるで言語の用をなしていない。

どこかで馬が放された。

馬は熱気に興奮し、広場を駆け回り、モスクの一つへ駆けこもうとした。慌てて止めようとする老人と笑い転げる男がぶつかり、喧嘩となり、たちまち収拾がつかなくなる。誰かが空に向けて銃を乱射し、別の誰かが窓を開け、やめろと怒鳴った。群衆のなかにはアキトの部下の姿も見えた。すっかり陽気になり、酒瓶か何かを手に誰彼かまわず話しかけている。

アルトサックスが鳴り響いた。

音は夜を裂いてＤドリアン音階を駆け上がっていく。

楽器は本物の木管ではない。用いられているのはシリコンチューブに感圧センサ、そして半世紀前のキーボードだ。キーボードの背はメーカーのロゴが潰され、別のアラビア語に上書きされている。聖典の一節が書かれているのかもしれない。そうではなく質屋か何かの広告かもしれない。音は出る。細かいことは構わない。

うっすらと石鍋（サルタ）の匂いがした。

冷えた夜の空気が部屋を通り抜け、奥へ流れていく。

なんの祭だろうかとアキトは思う。正月ではない。預言者生誕祭ではない。それなら作戦の日取りをずらしている。部屋の向こうで、キプが唸り声を上げた。キプはバラバラに壊されたＤＸ９の残骸を押しのけて近くへ寄ってきた。残骸が反応し、蠍（さそり）か百足（むかで）のように室内を這い回りはじめる。ドラムのカウントが入り、演奏がはじまった。こんなにラリって、とキプがぼやくように口を開いた。まともな演奏ができるんですかね。知らんよとアキトは応え、足下に這ってきた手首を窓から投げ捨てる。頭を撃っても脚を撃ってもDX9は向かってくる。だから手で解体するしかない。まるで蟹でも食べるみたいに。なんの祭ですかねとキプが言う。知らんよ、とアキトはまた応える。通信機を立ち上げようとしたが、ボタンの字が読めず操作もわからない。適当に動かしてみてから、諦め、そのまま懐に戻した。

群衆の熱気が高まってきた。

街の奥の暗がりから、平たい巨大な担架のようなものが担がれてくる。担架はオレンジや黄緑の織物に覆われ、中心のあたりが人の形に盛り上がっている。葬式だ、とアキトがつぶやいた。ははは、何がなんだかわからないや、とキプが応える。誰かがペプシの瓶を投げ、それが一瞬視界を横切って群衆のなかへ吸いこまれた。

「動けるか？」

キプは応えず、開いた瞳孔を夜闇の喧噪に向けている。

路傍の男女の愛のささやきが、すぐ耳元に聞こえてきた。聴覚が冴え、人々の声の一つひとつが鮮やかに立ち上がってきていた。愛をささやく男女の横には、賭けドミノをやろうとしている老人二人がいる。老人たちはルールを忘れ、牌の数字も読めなくなっている。思いつきに従って牌が並べられ、思いつきに従って金が受け渡される。

音楽とともに視界が揺れはじめた。

アキトは震える手で静脈を探し出し、残っていた拮抗薬を打つ。ＤＸ９の残骸から尖ったパーツを探し、気つけがわりに自分の腿に突き立てた。腿からは血のかわりに金色に輝く煙が立ち上った。煙はゆっくりと窓を這い出て、風に乗り、祝福でもするように人々の群れを覆っていく。夜の底をいっとき覆う、いっさいが溶け合った行進とも呼べない行進を。曲はいつの間にか二曲目に入っていた。長老会、とアキトはつぶやいてみる。それは別の誰かの声に聞こえた。そもそも最初からつぶやいていないのかもしれなかった。

そのままどれだけ過ぎたろうか。時計を見るが、数字が読めない。

——ふと胸騒ぎを感じ、アキトは涸れ川の向こうへ目を移した。

月や星々が空を藍色に輝かせ、遠くの岩山をくっきり縁取っていた。崖が切り立ち、ヘッドライトの片方が消えたランドクルーザーが麓をのろのろと横切っていく。夜闇全体に充満する匂いのようなもの、潮が満ちるような夜気の変化をアキトは嗅ぎ取った。目を凝らす。街の外から人影が押し寄せてきていた。作戦の失敗を察知し、街の制圧に乗り出した本隊の兵士たちだった。

だが、細菌が流出して街はこの有様だ。

下手をすれば、住民は暴徒と化し、事情のわからない兵士たちは住民に銃を向ける。そして、ジャリアを拘束するより前に部隊にも感染して全滅する。

群衆を見下ろすが、誰かが危機に気づいた気配はない。

馬鹿野郎、とアキトは外に向け叫んだ。さっさと逃げろ！　アキトの声に、首を傾げて宙を見上げる男がいたが、男はそのまま緩慢に視線を落とした。業を煮やし、ライフルを手に取った。

闇の向こうへ照準を合わせる。定まらない。できるなら仲間は撃ちたくない。だが、ほかに手を思いつかない。なるべく誰もいないところを狙い、撃つ。指先に嫌な感触がした。

遅れて、兵士の一人が倒れた。ほとんど間を置かず、闇のあちこちが明滅しはじめる。

街のあちこちで破裂音がした。

ようやく人々が散りはじめた。ベーシストが逃げ、曲は途端にふわふわと頼りない演奏になる。逃げまどう者、ただ呆然と突っ立つ者、撃たれたわけでもないのにひっくり返りそのまま動かない者——葬送の担架の片側が落ち、織物がめくれそうになった。馬が嘶き、老人たちのドミノ牌を蹴散らした。キリスト教徒とイスラム教徒の一団が、互いに石を投げはじめる。石は関係のない中国人の女にあたり、女は怒って両派を相手取って怒鳴り散らす。その剣幕に押され、男たちはしゅんとなる。またどこかで瓶が割れる。キーボード奏者が鍵盤を上から下へグリッサンドする。

キプはといえば、DX9の足首を握ったまま、すやすやと眠っていた。

それを横目にアキトは立ち上がり、階段を駆け下りていく。あるいは駆け上がっているのかもしれない。立ち上がった夢を見ているのかもしれない。——足下で闇が呻いた。酒瓶を手にしたユダヤ教徒が、濁った両眼をこちらへ向けていた。気をつけろ、とそいつが嗄れた声で言った。これでも生きてるんだからな。

外に出るなり、人々が背や肩にぶつかってきて倒れそうになった。

井戸に寄りかかった男が、隣の女の髪を優しく撫でていた。街中で感情が渦を巻いていた。旧式の銃を手にした二人組が、部隊を迎撃しようと街を駆け出し、撃たれて倒れた。

地響きがした。

爆弾でも破裂したのかと思った。皆の様子から、それ以上のことが起きたのだとわかった。それは街が築かれた涸れ川(ワディ)の底を貫く季節外れの鉄砲水だった。まもなく小径という小径から水が溢れ出し、逃げる間もなく広場を満たし尽くした。水位は腰のあたりで上昇を止めたが、流れが速く、とても立っていられない。麻袋や本、メノラー、缶やポリタンクが入り交じって目の前を流れていった。赤い服を着た男が流れに呑まれ、頭からアキトにぶつかってきた。景色が回った。足元をすくわれ、流されはじめていた。死に至る濁流は、種子の幻覚に曇った頭には心地よく感じられさえした。

織物が目の前を流れていった。担架を覆っていた織物だった。

担架の本体は家と家のあいだにひっかかって止まり、上に乗せられていた何かがだらりと仰向けにぶら下がっていた。それは一体のＤＸ９なのだった。ＤＸ９は青と緑の装束を着せられ、まるで爬虫類か何かのように見える。ふいにアキトは恐怖を感じ、闇雲に前に向けて泳ぎはじめた。刹那、アキトを中心に海と青空が広がっていった。近くの水中でグレネードが破裂し水柱が立ち上った。

――踠くうちに、アキトはいつかの夢のなかにいた。

夕暮れのなか、仲間みんなで同じ家へ帰っていく。場所は学校近くのバウアリー通りかもしれない。見知らぬ異国の市場かもしれない。ただそれは決まって夕暮れで、そして店があり人々が暮らしている。

行軍は大所帯だ。

そこには既婚者もいれば、死んだやつもいる。必ず、家に帰る前に目が覚める。だから家がどこにあるのかアキトにはわからない。それがあるかないかも、わからない。

6

ざわめきが聞こえてきた。

ビル風が広場の上空で渦流を作っている。どこからか緑色の布きれが舞い上がり、アキトの頭上を越え、遠くへ落ちていった。

アキトが目を覚ましたのは屋上だった。淵から身を乗り出すと、いつの間にか後ろ手に拘束された腕が痛んだ。

眼下の広場はすでに水が引き、人々が道や建物を補修しているところだった。

「あいつら、なぜ動けるんだ？」とアキトは顔を上げる。「拮抗薬なんかなかったはずだ……」

「しょせんは菌だ」

頭の上から声がした。ルイだった。

「あらかじめ抗生物質を配っておいた。駄目で元々だったが、案外効くものだな」

その発想はなかった。つい、笑いがこみ上げそうになる。

「俺たちの後続部隊は？」

「見当たらない」全滅という言葉を、ルイは避けた。「下流の部族にでも訊いてくれ」

「洪水は現実だったのか」

「霧が出ていたから、来るかもしれないとは思っていた」

「……仇が討てて嬉しいか」

ルイは答えずに目を逸らした。

アキトはいまいる屋上を見回した。

でこぼこした剝き出しの土の上に、パラボラアンテナや太陽光パネルが雑然と並べられ、下層階へケーブルを垂らしていた。アキトの横には、関節を破壊されたタヒルが転がっている。タヒルは目を開けたままぴくりとも動かない。

離れたところで、見張りのDX9を従えたジャリアが椅子からこちらを窺っていた。

ジャリアが立ち上がり、ゆっくりとコーランの一節を唱えた。

「——なんとつまらないもののために、彼らは魂を売ってしまったのか」

暗唱が終わると同時に、タヒルが横で小さく痙攣した。

「ここは？」タヒルは人工の目蓋を瞬かせる。

「牢屋がわりだ」

ジャリアが答え、アキトたちを見下ろす位置まで歩み寄ってくる。服装は黒一色で、表情はヒジャーブに隠されて読み取れない。

自分は抑圧された女性性を体現すると彼女は言った。それなのに、ヒジャーブで顔を隠しつづけるのはなぜだろうとアキトは考える。火傷を隠すためか。あるいは——彼女には彼女の、矛盾や屈折があるのか。

身体のあちこちが痛む。ため息をつき、アキトは首を鳴らした。

「アラブの謎々だ。上は大火事、下は洪水、これなんだ？」

「水煙草」とジャリアが答えた。「だが、別に言いたいことがあると見える」

「火炙りにつづいて水害とは、またご苦労なことだ」

相手が低く笑った。

「あげく長老会(マジュリス)のサーバも水没だ。いましがた、エンジニアが泣き言を言いに来た」

やれやれだ、とアキトは息を吐いた。

ろくでもないサーバが壊れたのはいい気味だが、状況は八方塞がりだ。

視界の隅に、タヒルの機械の顔が入りこんだ。その表面はやすりで削られ、凹み、傷だらけになっている。ふいに、この機械の玩具がアキトには愛おしく感じられてきた。

タヒルがアキトの視線に気がついて、

「アキト。その女の、昔の火傷の話だったら嘘だ」

「なんだと？」

「……かつて、シバームにディスコが作られる計画が持ち上がった。わたしたちマディナは、ディスコを爆破する計画を立てたのだが――」

タヒルによると――このとき実行犯として、一人の女性が選ばれた。

彼女は自分自身をDX9にコピーすると、爆弾を身につけて現場へ赴いた。

「それがジャリアだ」

とタヒルがつづけた。

「ところが計画は失敗した。彼女は重傷を負いながらも生還し、やがてこの街を束ねる地位についた。経歴を偽るのは、むろん彼女がテロリストであったからだ」

「待て――」と、ここまで黙って聞いていたルイが割りこんだ。「確かな話か？」

タヒルが頷いた。

「そう言えるのは、わたしのオリジナルがそこにいるジャリアだからだ」

自分とジャリアが、同一人物であると言っているのだ。

これには、さすがのルイも言葉を失ってしまう。それをよそに、タヒルがつづけた。

細菌が拡散していくなか、タヒルはジャリアを探して駆け回った。目的は、作戦を遂行し、ジャリアを拘束すること。ところが、ジャリアのもとにたどり着いた瞬間、全身の力が抜けた。

そこから先を、タヒルは憶えていないという。

「非常停止コードだ」とジャリアが後を継いだ。「あのとき——自爆攻撃を前にDXの設定をしているとき、わたしはこんなことを考えたのだ。万一、両方が生き残る事態になったらどうなるのか。そのときに備え、わたしはDXを停止・再開するためのコードを追加しておいた」

そして設定したのが、いましがた暗唱した一節だったということだ。

「——あいかわらず、コーランも読んでいないと見える」

一度でもコーランを読んでいれば、タヒルは自身の弱点を知ることができた。そうすれば、土壇場で逆転されることもなかったということだ。

ジャリアが冷たくつづけた。

「マディナの信仰が本物ならよかったのにな」

……小径から風が吹き上がった。

ジャリアの合図を受け、見張りのDX9がアキトに銃を向ける。

アキトは首を伸ばし、屋上の淵から下を覗き見た。飛び降りようかと思ったが、助かる高さでもない。広場の人々はいま屋上で起きていることなど露知らず、街の復旧に勤しんでいる。その槌の音がここまで届いた。

横のタヒルが、アキトにだけ聞こえる声でささやきかけてきた。

「助走をつけずに跳べ。真下に商店のテントがある」

「なぜわかる」

「無線が入った。いま、キプが隣のビルからこちらを見ている」

「キプが？」

そう言ってから、アキトはキプの台詞を思い出す。

——大丈夫です、薬を服んでますんで。

「おまえはどうする」

「同じ人格は二つもいらない」

言ったきり、タヒルは目蓋を閉じる。

諦めが早いのは、この場合、美徳なのかそうでないのか。

「結局――」と、納得のいかない様子でルイがつぶやいた。「この街で起きていたことは、一人の人間の、異なる二つの価値観のぶつかりあいだった」

「もっと言えば」と、アキトがその先を引き継いだ。「俺たちが戦争だと思いこまされていたものは、壮大な自己愛の物語にすぎなかったということだ」

やれ、とジャリアがDX9たちに命じた。

その先を見届けることなく、ルイは苦い顔のまま階下へ降りていってしまった。まるで、この国にも見るべきものはなかったとでも言うように。

俺にとってはどうだろうか、とアキトは自問する。

この場所に、見るべきものはあったろうか。

――対立する二つの集団。

一方は画一的な伝統を掲げるが、その教義は多様そのものだ。もう一方は多様性を掲げるが、実態は別種の画一性でしかない。伝統からかけ離れ、場当たり的に思想を接ぎ木し、そして一皮剝けばあの騒ぎだ。行く場所もなければ、帰る場所もない。自分と同じような、精神の孤児たち。

口を突いて出た。

「冗談じゃない」

空っぽの人間など、俺一人で充分だ。

同時に、両手を拘束していたロープがほどけた。

アキトはタヒルから奪った紙やすりを投げ捨てる。それから片手にタヒルを抱え、後ろ向きに跳んだ。やめろ、と反射的にタヒルが叫んだ。悪いな、とアキトは応える。これで俺は、おまえのことは気に入っているんだよ。たとえ自分が、虚無に抗う虚無でしかないとしても。

主要参考文献

『イエメン――もうひとつのアラビア』佐藤寛、アジア経済研究所（1994）／『季刊旅行人2005年冬号　通算146号』旅行人（2005）／『シバの女王――砂に埋もれた古代王国の謎』ニコラス・クラップ著、矢島文夫監修、柴田裕之訳、紀伊國屋書店（2003）／『コーランが聞こえる道――パキスタン・アフガニスタン・イラン』NHKアジアハイウェープロジェクト、日本放送出版協会（1994）／The Southern Gates of Arabia, Freya Stark, Random House,2001／Yemen Dancing on the Heads of Snakes, Victoria Clark, Yale University Press,2010／An Evaluation of Space Planning Design of House Layout to the Traditional Houses in Shibam, Yemen, Asian Culture and History Vol. 2, No. 2; July 2010, Anwar Ahmed Baessa, Ahmad Sanusi Hassan, Canadian Center of Science and Education,2010／The Difference, Scott E. Page, Princeton University Press,2007

北東京の子供たち

How we survive,in the flat(killing) field

1

誠が璃乃と出会ったのは五歳のときだ。以来二人はいつでも一緒にいた。東京の北のさびれた団地に、学年あたり十五人しかいない学校。だから子供らの結束は強い。二人は同じクラスで学び、同じ遊びをして、同じ言葉を喋り、同じものを見てきた。まるで童話に出てくる二羽の兎のように。あるいは、檻のなかの実験用の鼠のように。

出会ったころの璃乃の顔を、誠はよく憶えていない。

むしろ思い出すのは、ちょっとした事件や風景だ。

たとえば、三号棟と四号棟のあいだの集会所に忍びこんだこととか。珍しい昆虫をつかまえたこととか。給水塔を昇ろうとして、二人まとめて怒られたこととか。

璃乃はたった一日で誠を籠絡した。

荒れたゴミだらけの公園で、璃乃はクローバーを探すと言い出した。砂場はすっかり放置され、二人の背丈より高く雑草が茂っていた。璃乃は茂みに分け入って雑草で手を切った。クローバーを見つけたら何を願うのかと誠は訊ねた。

璃乃はまっすぐに誠の目を見て答えた。

「ずっと一緒にいられますように、って」

「いつも、いつまでも?」

いつまでもだと璃乃が言う。

頭上には八方に団地がそびえていた。分厚い直方体の建物は色も形もそっけない。けれど、見渡す限りのベランダに、色とりどりの布団や洗濯物が干されている。それはまるで青空にかけられた一枚の鮮やかなタペストリーだ。

大人たちは、この場所には何もないと言う。

郊外の虚空。

高度経済成長の名残り——あるいは、わずかな中産階級が取り残された都市のエアポケットなのだと。しかし幼い記憶に残る団地は山嶺よりも嶮しく、熱帯雨林よりも深い。

いま、誠は中学校の窓から外を眺めている。

街灯はまだ灯されていない。

古い立体映像のようなコンクリートの団地群は築半世紀を越え、いまも北東京にそびえ立っている。それが、乾いた冬の大気に物言わず晒されていた。高くに設置された番地のプレートは錆び、一部は抜け落ちてしまっている。

東から夜が迫りつつあった。

遠くから、ブラスバンドの練習音が聞こえてくる。

教室に目を戻すと、行き場のない生徒らが何を話すでもなく、思い思いに時間をつぶしていた。皆、ここの団地の子供たちだ。年々生徒数は減り、かつて団地内に三つあった中学校は、この一校を残すのみとなっている。

前の席から、璃乃がじっとこちらを窺(うかが)っていた。その手元には一冊の紙の本がある。内モンゴルの歴史に関する難しそうな専門書で、見ているだけで頭が痛くなりそうだ。

「何考えてた？」と、璃乃は小さく首を傾げる。

「どうして、団地ってこんなおかしな形してるんだろうな、って」

「おかしいかな」

「理由があるのかなと思ったんだ。たとえば、外敵から身を守るためとか」

言いながら、誠は璃乃の髪を撫でる。

璃乃がその手を取り、軽く人差し指にキスしてきた。

「ルネサンスの都市が美しい幾何学形なのは、戦争に備えるため。そして大戦後に再建された東京が野放図なのは、核攻撃に備えることがそもそも不可能だから」

小さい犬ころみたいな璃乃の視線はいまも昔も変わらない。

けれど、ここまで自分と頭の出来が違ってくるとは思わなかった。

「おまえらいいよな」

とレミジオの声がした。

振り向くと、遠くの席で机に脚を乗せてむくれている。

「俺なんてDXが嫁だもん」

白人男性がもてたのは昔の話だとレミジオはよく口にする。青い目の彼はイタリア系の二世だ。

ヨーロッパの不況と日本の労働力不足を背景に、レミジオの両親は日本へ移り住んできた。しかしどこも人手不足であるのに、それでいて、いい仕事があるでもない。団地に入るまでには、だいぶ苦しい思いをしてきたという。

クラスメートは半数が外国人で、アジア系やロシア系が多い。

かつて、高齢化した団地は若年層や外国人の取りこみに入った。

余裕のある家は子供を都心の私立へ通わせるが、そうでない家の子供は、ヒンディー語や朝鮮語の入り交じるなか授業を受けることになる。翻訳ソフトのおかげで、日本語を憶える必要もない。だから、喋れるのは二世のレミジオくらいだ。

メディアの訳知り顔の大人は、日本の移民社会を「クレオール化しそこねた文明」と称する。誠にはその意味がわからない。なんとなく理解できるのは、知ったふうなことを言われているらしいということだけ。

「……DXの何がいいんだ？」と誠は顔を上げる。「いっぱいいるところ、とか？」

「さあ？」レミジオは足を組み直した。

携帯でネットメディアを見ていた誰かが笑い声をあげた。

傍らのもう一人が画面を覗きこみ、一緒になって笑うが、言葉は交わされない。翻訳ソフトを使うほどの意見もないからだ。それでも生徒は笑い合う。空白を埋めるために。あるいは、重要な何事かを忘れるために。

仲がいいのか悪いのかは、当の本人たちにもわからない。

ふと、誠は璃乃が物憂げな顔をしていることに気がついた。

目と目が合ったところで、誠は軽口を叩く。「俺に気がある？」

璃乃が瞬きをした。

「馬鹿」とだけ応え、璃乃は読んでいた本を閉じた。

薄いドア越しに父親と妹が口論をしていた。

集中できず、誠はタブレットを放り出す。モンゴルの歴史を検索していたのだが、うるさくてさっぱり頭に入ってこない。

窓の外では、隣の一号棟の冷めたＬＥＤの光が壁となり視界を遮っている。線路沿いには、不法駐輪の自転車が人の行列のように固まって並んでいる。いくつかは風雨に晒され、錆び、動かなくなり、さらにその上に別の自転車が停められている。丸いガスタンクや工場、そして居酒屋やラブホテル。郊外の景色は、厭われも惜しまれもせずに移り変わっていく。

「それじゃ駄目だよ――」

と、妹の声が居間から響いてきた。

南アフリカから一時帰国する兄をどう迎えるかで揉めているようだった。兄の隆一は成績もよく家の期待を背負っていたのに、三年前、ツインタワー崩壊の再現ショーをきっかけに旅に出てしまった。誠は小さかったためよく憶えていないが、一家はニューヨークに住んでいた時期があり、隆一にとって、ショーは世界観を揺るがされる事件だったそうだ。期待の兄が旅に出てしまい、残された側からすれば、要石が抜けたようなものだった。

誰よりも隆一を可愛がっていた母は、突如、誠に全面的に依存してきた。あるとき成人麻疹に罹って寝こんでからは少しおかしくなり、寝ている誠のペニスをくわえているところを妹に見咎められ、それから精神病院の入退院を繰り返している。

この母親が問題だった。

父は、母のケアで疲れ切っている。皆が待ち望んでいたはずの隆一の帰国は、一家の危ういバランスを崩しかねない要素となった。やがて父は、勝手に逐電した隆一などうちの子ではないと言い出した。一方で、妹は元通りの家庭を望んでいる。

誠は——もう、この嵐さえ過ぎ去ってくれればなんでもいい。

「みんなを信じようよ」

居間から妹の声が聞こえてくる。心情としては妹につきたいが、信じるという言葉が誠は好きになれない。それは、見ようとしないことの裏返しに思える。

ふたたび窓から外を見下ろした。

整然と、駐車場や公園が幾何学形を描いている。璃乃によると、都市が上空からのデザインを意識しはじめたのは、空襲の概念が発生してからだという。真偽はわからない。ナスカの地上絵はどうなのかとも思う。

いずれにせよ、もう空襲の心配はない。

かわりに充ち満ちているのが、限りなく無色透明な、穏やかな不安のような気配だ。

団地の麓(ふもと)には、かつて頻繁にブルーシートが敷かれていた。そのシートを探すのが、誠や璃乃の小さな冒険だった。運がよければ、一度に二つか三つは見つかる。シートが隠すのは、そこで起きた投身の痕跡だ。めくると、下には飛び散った血や脳漿が隠されている。

国の自死者は年間で四万人。以前、隆一が言っていたことがある。悲劇と呼ぶには大きすぎ、統計と呼ぶには小さすぎる数字だと。

ドアの向こうで、父親が嗄れた声でつぶやいた。

「いっそ」――死んでくれればいいのに、と。

あとはもう言葉はない。妹の泣く声だけが聞こえる。

父が誰に対しそう言ったのかはわからない。誰に対してであってもおかしくはない。

何かして状況を変えてやりたいとも思うが、通り一遍のことはもう試した。結果、誠が得た結論は一つ。失敗の見えた行動は起こさない。できることはやる。できないことは、やらない。

凍りついた居間に足を踏み入れた。

散歩でもしないかと妹に声をかけるが、妹は黙って首を振る。せめて二人を引き離したかったが、それもままならない。結局、自分一人だけでも外の空気を吸うことにした。

エレベーターで一階に降り、誠は夜闇を歩きはじめる。

川の南岸の後背湿地。

三百ヘクタールの虚空。

先の大戦で空襲すら受けなかった北東京の一角を。

歌が聞こえてきた。

四号棟の一階部分は商店街がシャッター通りとなり、その一角のつぶれた薬局の前で、一体のＤＸ９が静かに歌を歌っていた。かつての店主が、客寄せのため購入したものだ。夜逃げする際、店主は店の後始末にまで手が回らなかった。

だから、その後もＤＸ９は一時間に一度歌いつづけている。最初は近隣住民も閉口したが、来ない客を待ちつづけるその姿には人の心を打つものがあり、次第に、街の名物のようになってきた。いまは音量を絞った上、町内会で維持管理されている。

ＤＸ９が歌いはじめるのは十時。そして、歌をやめるのは二十二時。歌っていないときは、犬を撫でたり、呆けのはじまった近所の老人の話し相手になったりしている。

この商品の主な用途は、このような広告や、あるいは家庭での愛玩用だ。性能（スペック）が低いため、むしろ途上国で普及していると誠は聞いたことがある。

シャッターのつらなりに拡張現実（AR）カメラを向けると、無数の色鮮やかな架空のグラフィティが浮き上がる。描いたのは隣の席の同級生かもしれないし、あるいは教壇の教師かもしれない。顔の見えない誰かの、合法的な小さな反抗。飼い慣らされていることは、描いた当人たちすらわかっている。何に飼い慣らされているのかを、誰も知らない。

誠はカメラを向けたまま、ペイントツールのエアブラシをタップする。描く際のルールは一つ。他人の描いた絵を塗りつぶさないこと。それさえ避ければ、自由に何を描いてもいいそうだ。

ＤＸ９の背後の空中には、聖マリアのような後光が描かれている。

舌っ足らずで平坦な「彼女」の歌声は、ある意味で人に似せたものではない。それは最初から人間以上を志向している。なぜなら、テクノロジーの発達とともに人は気がついた。人間の声そのものが、皆が思っていたほどリアルではなかったことに。

誠は空を飛ぶ小さな青い魚を描くと、ツールの確定ボタンを押す。

誠が電子の落書き(タグ)を描くあいだも、DX9は歌いつづける。

まるで、愛する人を待っているかのように。

タグのアップロードが終わり、誠はふたたび歩きはじめる。街灯を背に影が伸びていき、新たな街灯を過ぎるごと、順繰りに影が加わっては消えていく。

駅前の大通りを、音を立てて車が通りすぎていった。

星は見えない。

かわりに、団地の四号棟が静かに誠を見下ろしていた。それはまるで巨大な明るい墓石のようでもある。

小径の先にプレハブの集会所が見えてきた。入口にオレンジ色の電気が灯り、真下の蛇(ジャノ)髭(ヒゲ)の茂みを照らしている。カーテン越しに人影が見えた。誠は窓を二度ノックする。

遅れて、二回のノックが返ってきた。

戸口のサッシを抜け、散らばったスリッパから埃をかぶっていないものを選ぶ。廊下ではビールケースに空き瓶があふれ、昔、誰かが脱ぎ捨てたらしいランニングシャツが丸められている。団地の住人のための集会所だが、大人たちはこの場所の存在を忘れてしまったかのようだ。

　悪い先輩たちは、この場所をシンプルにヤリ部屋と呼ぶ。

　璃乃の表現はもう少し高尚で、もう少し意味不明だ。

「団地によって、寝室とダイニングをわけた寝食分離がなされた。そこにさらに、わたしたちは性も外注（アウトソース）することにしたってこと」

　――その璃乃が、がらんとした十二畳の窓際で、マットレスに寝転んで本を読んでいた。硬かった表情が顔はぎこちなく弛（ゆる）められ、やがて時間をかけ花のような笑顔に変わる。

　璃乃は犯罪者の自首のように、両手を小さく前に出した。不可解なポーズにも見えるが、誠はその意味を知っている。彼女は、大きく両手を広げているつもりなのだ。抱き寄せると、倍の力で誠を締めつけてきた。本の角が背に当たった。璃乃がささやいた。

「する？」

「しない」

　そう、と璃乃は腕の力を抜いた。そのままマットレスに腰を下ろすと、壁に背を預け、横に誠のための空間を作る。並んで坐ると、安心しきった顔で体重を預けてきた。

　外で犬が吼えた。

　二人の前には、古いブラウン管の白黒テレビがある。

ネットの動画を見られるよう、物好きな誰かが改造したものだ。その画面に、一瞬、誠のペニスを吸う母親の映像が映った気がした。もう一度、画面を見直す。何もない。

「何読んでたの」

「古いアメリカの小説」

「面白い？」

「あんまり」

汚れたマットレスの上で、手と手が重ね合わせられる。

マットレスからの連想で、誠は団地の麓に敷かれたシートのことを思う。あのポリエチレンの織物が敷かれることは、いつしかほとんどなくなっていた。人々は自死よりも、薬物療法や催眠療法による浅い眠りを選ぶようになった。いまは、このマットレスが二人の新たなシートだ。

その下には死体すら埋まっていない。ただ、死体の不在のみがある。

「誠はね」と璃乃が上目遣いにつぶやく。「わたしの安定剤(トランキライザ)」

その言葉に、誠は不穏さのようなものを覚える。まるで、いまある関係のどこかに陥穽(かんせい)があるような。それを圧し殺すように、誠は璃乃の髪を撫でた。

「あのね……」と璃乃が心細そうに口を開いた。

「何？」

「うん、なんでもない」

そう言って、彼女は壁にかけられた時計に目を向ける。

「そろそろじゃない？」

——夜雨の時間だ。

璃乃が窓を細く開け、そっと外を窺った。虫の声とともに夜気が流れこんできた。誠は後ろから璃乃を抱き、同じように外を見る。頭上の明るい墓石のあちこちでカーテンが閉められた。

風を切る音がした。

まもなく夜闇を少女らが降った。ある者はまっすぐに、ある者は互いにぶつかって弾けながら。逆光のなかで影はもつれ、絡み合い、目の前の谷底へ呑まれていく。そのたび、砲弾が着弾するような音がして、地面が震えた。夜雨を見上げる璃乃は、いつも、まるで身を切られるような顔をする。そっと手を握ってきた。

「ずっと一緒にいられますように」

まるで流れ星に願いごとでも言うように、璃乃が口のなかでつぶやいた。

「いつも、いつまでも」

いつかのフレーズを璃乃は繰り返す。おそらく昔は、心からそうなると信じていた。けれどいまは、ありえないとわかっているから、あえてそう口にするようにも聞こえる。誠の本能は、この関係が長続きしないと感じている。結局、誠は黙って手を握り返す。

また犬が吼える。

誰かの悲鳴が夜を裂き、谺(こだま)し、フェードアウトしていった。

璃乃の手は冷たく、そして温かだ。ふとこんなことを思う。こうした人の温かさを感じられず、兄貴は海外へ渡ったのかもしれない。誠には、この体温以外に理解できそうなものがない。

誠と璃乃は十四歳。

二人はまだ街の外を知らない。

2

暗いエレベーターホールに夕陽が差しこんでいた。

節電のためホールの照明は半分落とされ、湿った空気が澱(おり)となっていた。この棟のエレベーターは遅く、ボタンを押してもなかなか降りてこない。傍らには、百五十ほどの郵便受けが壁一面に並んでいる。ガムテープで塞がれた箇所は、それが空き家であることを意味する。

璃乃はしきりに何か言いかけては言葉を呑みこんだ。

蠅が一匹、電灯の周りを飛び回っている。

やっとエレベーターが来た。乗りこみ、誠は九階のボタンを押した。

「本当はね」璃乃がぽつりとつぶやいた。「禹錫（ウソク）のこと、よく知らなくて」

旧式のエレベーターの騒々しい機械音が、ひときわ大きく感じられる。

うん、と誠は生返事をした。

クラスメートの禹錫が死んだのは、昨夜遅くのこと。四号棟の麓の植えこみにいたところ、落ちてくるDX9の直撃を受けたという。けれど、DX9の落下のことは禹錫だって知っている。自殺なのか、それとも急いで探しものでもしていたのか。本当の理由は、誠たちだけが知っている。

――犯人はレミジオ。

起きたことは、よくある男の子の度胸試しだ。

カード遊びの罰ゲームとして、DX9の雨のなかをくぐって戻る。生きて戻ってくれば、一人前。勇気の証は、端末の位置センサのログによって確かめられる。希釈された死と、希釈された悪意――それはときに、決定的な悲劇に直結する。

誠の部屋からは、小学三年のころに禹錫と描いた落書きが出てきた。

璃乃と連絡を取ったところ、彼女も同じような絵を持っていることがわかった。だから、二人はそれを禹錫の家族に渡すことにした。なんてことのない品が、突如として意味を帯びる。それがどの品であるかは、予測がつかない。

「俺も知らないよ」璃乃の目を見ずに、誠は応える。「誰も知らないんだ」

ガタン、とエレベーターが止まった。

汚れた打ち放しのコンクリートが目に飛びこむ。

がらんとしたホールで、誰かの三輪車が放置されたまま錆びていた。立ち枯れた植木や生ゴミ。壊れたランドセル。壁には、半世紀前の落書きが残っている。呪。SEX。いやだ。愛国。……それはARのグラフィティともウェブの呟きとも異なって見える。無意識の質のようなものが違うのだ。あるいは、と誠は思う。書かれる場所やメディアこそが人の無意識を規定するのかもしれない。

横目に、誠は階数表示のプレートを確認する。

棟の構造はどの階も変わらない。小学校の帰り、家へ戻るつもりで屋上へ出たときのことを誠は思い出した。なぜだか急激に悲しくなり、走って引き返したことを憶えている。

——兄の隆一であれば、あのとき屋上へ踏み出したのかもしれない。

璃乃が携帯端末のアドレス帳を開き、禹錫の部屋番号を探し出した。

ブザーを押す。乳白色のボタンは、中央が磨り減って凹んでいた。やがてシリンダー錠が開けられ、見知らぬ女性が誠たちを迎え入れた。

禹錫の家では、3LDKに二組の外国人家族が暮らしている。いま出てきたのは、そのもう一組の誰かだ。

居間の隅に、橙色の毛布にくるまった禹錫がいた。

その隣で、禹錫の母親が黙ってうつむいている。誠は持参した包みを渡し、禹錫について思い出せる限りのことを話した。話しているあいだも、相手は焦点の合わない目を宙に向けていて、聞いているのかいないのかわからなかった。

「あの子のこと」

と、彼女は最後に一言だけつぶやいた。

「忘れないでくださいね」

ええ、と誠は生返事をする。

けれど、忘れないことがいいか悪いかも誠にはわからない。なぜなら記憶は歪められ、ねじ曲げられ、捏造される。こうした誤訳の総体こそが、人そのものなのだとしても。

部屋をあとにすると、開放廊下の果てに、こちらを窺う監視カメラと、自殺防止の青色LEDの照明が見えた。

胸の高さほどの柵壁と、前世紀に設置された飛び降り防止の金網。

金網にはところどころに穴が開き、螺子(ねじ)が弛んでいた。その向こうで、川沿いに集まったバラック屋根が夕陽を受けて輝いているのが見える。

「機能美はスラムに宿る」と、横で同じ景色を見ていた璃乃が突然つぶやいた。

「……なぜ？」

「トタンほど安くて丈夫な素材はなかなかないから」

場にそぐわない話をするのは、空白を埋めるためだ。あるいは、大事な別の何かから目を背けるため。

金網に手をかけると、冬の大気に晒された格子の鉄材が刺すように冷たい。

どこかに富士山があるはずだが、遠景はスモッグに覆われて霞（かす）み、見えなかった。

かわりに、都心部の城塞のような高層ビル群が見えるばかりだ。

そこにあるのは、日本人とそれ以外の断絶郷（ヘテロトピア）ではなく、金持ちと貧乏人のヘテロトピアだ。その双方が、自分はあいつらとは違うと負のアイデンティティを抱えている。

団地は、そのどちらにも属することができない。

高度経済成長の名残り、そしてわずかな中産階級が残された都市のエアポケット。

「わたしたちの街」と璃乃がつづけた。「わたしたちの、テレジン」

テレジン（チェコ語：Terezín　独語：Theresienstadt）は、チェコ北部・プラハ郊外の都市。現在、人口は二千人ほどである。由来は十八世紀にオーストリアによって建設された要塞で、マリア・テレジアの名からテレジンと命名された。ナチ政権下では強制収容所に変えられ、このとき、外敵を退けるための壁は、人々を逃がさないための檻に変貌した。収容所は子供が多かったことで知られている。

誰もいない集会所で、誠は一人、小さくため息をついた。

ウェブの事典を検索してみたが、相変わらず、いくら読んでも頭にまで入ってこない。璃乃の言葉の意味を知りたいと思ったからだが、馬鹿なことをやっている気もする。

自分は璃乃について、どれだけ知っているというのだろう？

彼女が見せる、おそらくはほかの誰にも見せないだろう顔を、誠は思い浮かべてみた。あるいは、「あのね……」と何かを言いかけたときの、あの物憂げな横顔を。璃乃が何かを抱えていることは想像できた。それなのに、そこから先へ、誠は踏みこめない。踏みこめないまま、関係を作り上げてしまった。

だから、誠は璃乃のことを知らない。二人が禹錫のことを知らないように。知りたいと思うから、こんな遠くの街のことも調べる。調べてどうなるというものでもないのに。

静かだった。

あたりは暗くなっていた。ブラウザを落とし、誠はマットレスの上で足を組み換える。がらんとした古い十二畳の部屋で、端末のバックライトだけがぼんやりと光っていた。

隙間風が吹いた気がして、窓の戸締まりを確かめる。

静かだが、心はざわついていた。それはもちろん、禹錫のことがあったからだ。

時刻は二十二時。

夜雨の頃合いだ。

誠はバッグを開け、持参したヘッドセットを装着する。

これは一種の催眠デバイスで、開発したのは民間のゲーム会社だ。

メディアのCGは貪欲に表現力を上げ、リアリティを増し、人間の認識を越え、そこでユーザーはやっと気がついた。現実の世界が、思ったほどリアルではなかったことに。自然も、人の動きも、CGには及ばず、思いこみこそが世界を豊かに見せていたことに。

企業は発想を変えた。

表現をリアルにするのではなく、脳がリアルを感じる回路そのものに介入する方向へ。

誠が電源を入れると、ヘッドセットの内側でうっすらとピンクノイズが流れはじめた。闇の向こうで、ちらちらと青い輝点が明滅する。手軽な電子の催眠は規制の対象となったが、どこからかファームウェアやライブラリが流出し、それを好事家たちがカスタムした。用途は、レクリエーションドラッグとして。あるいは、効率的な学習デバイスとして。

人々が受け入れた理由は、何より低予算であるから。そして現実がどのみち、溢れ返る無数の催眠のうち、好きなものをカジュアルに選ぶ世界であるから。

ノイズの音量が高まる。

人工の雑音は川の急流のようにも街の雑踏のようにも聞こえる。その向こうに、誠は幻の人の声を聴く。やがて手足の先が痺れはじめ、身体が浮き上がった。

画面に水底の映像が映る。

水面ははるか頭上にあり、陽が差し、光が揺らめいている。

一度催眠に入れば、残りの知覚は脳が勝手に作り出す。水面が近づいてくる。だから誠は上へと泳ぐ。意識の誘導であるが、それを拒む理由はない。どうあれ、誠は自分が上へ向かって泳いでいるのだと知る。浮力を、陽光の暖かさを、身体にまとわりつく水流を誠は全身で味わう。

アプリが起動した。

現実が切り替わる。

闇の奥——風の吹きすさぶ団地の屋上を、小隊ほどのＤＸ９が行進している。風が吹くたびに、風防のない安物のセンサがザ、ザ、と耳障りなノイズを拾う。それ以外は、ＤＸ９たちの足音があるのみだ。どこからか迷いこんでいた一匹の地域猫が、耳を立てて足下へすり寄ってくる。地面には、どこかの子供がチョークで描いた世界地図が残されている。

地図はアラスカが大きすぎ、オーストラリアがない。

転がってきた空き缶が、前を歩くＤＸ９の足に当たる。

肌寒い。

先頭のDX9が正面の柵をよじ登りはじめていた。毎夜、彼岸の行進は開始と同時に終わる。

耳元にはアプリに接続しているすべてのユーザーの息づかいやつぶやき、会話、オンラインセックスの吐息などが公開され、共有され、音の塊となって配信されてくる。音の主は、誠と同じように団地の屋上のDX9にジャックインした大人たちだ。

煩わしければ音を消すこともできるが、誠はこれらに耳を傾けるのが嫌いではない。少なくとも、そこには嘘偽りない何かがある。

誰が誰と話しているかはわからない。

声はいずれもDX9のもので、それによって匿名性が保たれている。

だから、大人たちの声はそこにあると同時にない。彼らはDX9のファームウェアを借り、辞典とライブラリを借り、音声合成を借り、音声情報を作っては送り合っている。半分眠り、彼岸に足を踏み入れている彼らは、ときに自らの声を音声認識させ、ときに無意識にキーボードからテキストを打ち、自身が自身の声で喋っているものと思いこんでいる。誰もが饒舌に喋り——屋上のDX9は風が吹きつけるなか、口を結び一言も喋らない。

団地の大人たちの、密やかな無垢な遊び。

あるいは、無意識のソーシャル・ネットワーク。

クライマックスは、もちろん地面への落下だ。落下し、一切合切が粉々になるようなその瞬間。この遊びをはじめたのは、暮らしに疲れた四号棟の元プログラマの主婦だという。自給自足の安定剤（トランキライザ）、または新たな催眠療法（ヒプノセラピー）として彼女はこれを作った。最初、ＤＸ９は一体だけだった。それがやがて流行し、屋上の機体は七十二体にまで増え、よそのマンションや団地に広まりだしている。

大人たちは隠れてこの遊びに耽る。

しかし彼らは知らない。子供たちが、悪い遊びの匂いに何より敏感であることを。

誠に璃乃のような知識や知見はないが、そのかわりソフトだけは昔から得意だった。レミジオからこの遊びの存在を聞いた誠は、密かに機器を取り寄せ、ライブラリを集め、システムに侵入したのだった。

どこからか外国語が聞こえてきた。

催眠状態に箍（たが）が外れた一人が、動画共有か何かで見たに違いないムッソリーニの演説を、意味もわからないままなぞっていた。誰かが朝鮮語で合いの手を入れる。しかしその正体は、どちらもが日本人なのだ。大半は、催眠から覚めたときには忘れているだろう。自分が外国語を話したことすら知らないままに違いない。それが引用だとさえ気がつかない。

人が言語の青写真（ブループリント）を持っているかなど怪しい。

しかし少なくとも、ＤＸ９はそれを持っている。

この町工場で作られた量産品は、語るべき声を持たないかわりに、あらゆる言語がプリインストールされている。そして人間は無数の他者の声を知らず知らず抱えている。

だから両者は出会うべくして出会った。

柵を越え、誠たちは建物の淵を見下ろす。それは深淵ではない。もっと薄い、のっぺりとした淵だ。だから、淵が誠を見つめ返すこともない。白線の内側まで下がれ、と誰かがふざけて言う。不自然な笑い声、そしてまた別の言語。This city, in plague time. 인생은 살기가 어렵다는데 시가 이렇게 쉽게 씌어지는 것은 부끄러운 일이다. Nosotros tenemos que contestar, una y mil veces que sí, que sí se puede. いっぱいいるところ、とか？ 俺はどこにもいない。Nach Auschwitz ein Gedicht zu schreiben, ist barbarisch. ——俺はどこにもいない。

風を切る音がする。

地面はもう目前だ。

しかし、穏やかな甘い死の明晰夢はそこで途切れる。頭上で電灯が揺れていた。誠から引き剝がしたヘッドセットを両手に抱え、璃乃が泣いていた。

「やめて」璃乃の声は掠れている。「お願いだから」

「大袈裟だよ」

誠は璃乃に腕を回そうとする。あるいは、璃乃の幻覚に対して。そう、なんてことのない代物だ。希釈された死、または新たな催眠療法——いずれにせよ、しょせんは子供騙しの合法ドラッグだ。

「あのね……」

そう言ったきり、璃乃は言葉を詰まらせる。

きっとまた何も言わないのだろうと誠は思った。そうではなかった。

「——誠には、話しておきたいんだ」

3

街灯の冷たい白い光の周囲を、一匹の蛾が飛び回っている。

団地はまるで管理下に置かれた廃墟だ。その底を、誠と璃乃は二人並んで歩く。上着の衣嚢（ポケット）に手を突っこんでいると、璃乃が横から手を差し入れてきた。璃乃の手は相変わらず冷たい。

灯火の下で、DX9たちがまるで前世紀のゾンビ映画みたいに起き上がりはじめた。

落下を終えた彼女らは、自力で屋上まで戻り、次の日の落下を待つ。

未来のないルーティン・ワークは、それでも人間たちよりはましにも思える。ペットの猫を羨ましがり、代わってみたいと思うのにも似ている。

機体の内側には、いまだ名残り惜しく夢のつづきを見ている大人たちがいるはずだ。

「どんな気分だ？」

やり場のない憤りのようなものを感じ、誠は機体の一つに向けて言う。正確には、その奥にいるだろう大人たちに。窘めるように、璃乃が誠をつついた。

風が吹き抜けた。

遠くから、バイクの音が聞こえる。寒い、と璃乃が身を寄せてきた。誠はその肩に腕を回す。会社員の女がヒールを響かせながら二人を追い越し、エレベーターの一つに吸いこまれていった。

「コーヒーでも飲む？」

「ううん」と璃乃が首を振った。「歩きながら話させて」

鍵の壊れた粗大ゴミ置き場がある。

その隣に広告が貼られていた。広告は変色し、薄れ、抽象画の幾何学模様のようになっている。とうの昔に倒産した家電メーカーが出した広告だった。どこからか魚を焼く匂いがした。片目の潰れた犬が、うずくまって鼻をひくひくと動かしている。

幾度か、璃乃は発しかけた言葉を呑みこんだ。

気が急いたが、璃乃が自分のペースで話しはじめるのを誠は待った。やがて璃乃は意を決して語り出した。

――彼女の家が団地へ越してきたのは二十年前。

そのころ団地では空き部屋の一斉リフォームがなされ、若年層向けのリノベ団地として売り出されたそうだ。売り出し戦略は、昭和レトロ。高度成長期のアメリカへの夢を再現する形だ。璃乃の母親である遥空（ノエル）がその広告を見て、入居を強く希望した。

遥空は熱しやすく冷めやすい性格だった。

璃乃が小学校に上がったころには、団地をコンクリートの牢獄と呼ぶようになり、都心のフェティッシュ・パーティに入り浸っていたが、やがて同じ棟の浮気相手が屋上から投身自殺してからは籠もりがちになった。元より少なかった家族の会話は途切れ、遥空は例のアプリケーション――DX9との接続に没入するようになった。

DX9が稼働していないあいだも、遥空はヘッドセットを持ち歩き、そのうち風呂にも入らなくなった。ヘッドセットを取り上げると、子供のように泣き喚く。

璃乃はそれをやめさせたいと幾度となく父親の松太（ショウタ）に訴えたが、松太としては、せっかく戻ってきた妻を失いたくない。家の危ういバランスをアプリが最後の最後で保っているなら、それを受け入れるというのが松太の考えだった。

「何か代案でもあるというのか？」

そう言いながら、忙しい松太は、妻のケアを璃乃と精神科医に丸投げした。こうして、団地の一室は璃乃にとっても牢獄となった。以来、璃乃の心の拠り所は二つだけとなった。

一つは、前世紀の古い紙の本。

「もう一つが」璃乃が誠の目を見た。「五歳のとき、誠と出会ったこと」

――吐息が白く煙った。

見上げると、コンクリートの牢は壁となって頭上にそびえている。高度経済成長期に建てられた、夢のアメリカ型の住宅――その一万の仮宿が、物言わず二人を見下ろしていた。

団地という集合住宅がもたらしたライフスタイルの提案は、個々人のプライバシーだ。けれど、プライバシーを守るための鉄筋コンクリートは、そのまま個人を閉じこめる檻にもなる。外敵を退けるためのテレジンの壁が、やがて人々を逃がさないための檻に変貌したように。

璃乃が誠を見上げた。

「だからね、正直お手上げ」

誠は目を伏せた。答えがあるはずもない。頭のいい璃乃のことだ。そんなものがあるなら、とっくに見つけ出している。

駅前に来ていた。

無意識に、蛾のように明るいところを目指し歩いていたのだ。

高架下の巨大なデッドスペースは、赤十字のキャンプのようにテントで埋め尽くされている。誰かがギターで古いパンクを演奏しているのが聞こえた。団地の住民は減り、川沿いのスラムは徐々に団地のそばまで侵食してきている。嘘か本当か、いっとき過食症のホームレスが話題となって社会問題と化した。

車が増えた。

二十四時間営業のディスカウントストアが、向かいの歩道にまで店を広げていた。どちらからともなく店に入った。誠は青いスプレー缶を見つけ、それを一本買った。

「どうするの？」

「ちょっとね」

そう言って、誠は来た道を引き返す。

信号を二つ越えたところで、闇の奥から歌が聞こえてきた。四号棟の麓のあの商店街だ。かつての薬局の前で、DX9が変わらず歌を歌っていた。

シャッターにARカメラを向けると、無数の色鮮やかな架空のグラフィティが現れる。けれど、いま描きたいのは電子の落書き(タグ)ではない。デバイスがなくとも共有できる、モノとしての絵なのだ。

誠はDX9の足下に屈みこむと、スプレー缶を振った。

璃乃と出会ったころのことを思い出そうとした。団地が山嶺よりも峻しく、熱帯雨林よりも深かったころ。——あの日、俺たちはクローバーを見つけたんだっけ？

手が動いた。

誠が描いたタグは、小さな四つ葉のクローバーに装飾を加えたものだった。

背後から足音が聞こえ、身を縮ませた。会社帰りのビジネスマンだった。誠たちには目もくれず、そのまま夜闇を通り過ぎていく。誠が動揺する姿が面白かったのか、璃乃が声を上げて笑った。取り繕うように、誠は口を開いた。

「心に従おうよ」

言ってから、心に従えないことこそが璃乃の苦悩なのだと気づく。けれど、口にしてしまったものは仕様がない。できることを、やる。できないことは、やらない。

「璃乃は何を願う？」

一瞬、期待のようなものがよぎった。団地をつれ出してくれと言うのではないかと思ったのだ。それならば、兄と同じようにこの場所から抜け出られるかもしれないとも。

彼女の答えは違った。

ＤＸ９を止められないかな、と璃乃は小さい声で言ったのだった。

「――あの馬鹿みたいな循環から、母さんを解放してやりたいんだ」

団地のシリンダー錠は昔ながらのマグネット型だ。建てられた当時は、これが先進的に感じられたそうだが、いまとなっては簡単に開けられてしまう。といって、過剰なセキュリティも快適とは言いがたい。だから、住人たちはコストをかけて鍵を交換する道を選ばなかった。言うなれば、コンクリートの長屋住まいだ。

その錠前を前に、璃乃は屈みこんで苦戦している。

手にしているのは、通販で買ったという中古のXECピックセット。

「周り、見ててよね」

「大丈夫だよ。どうせ空き部屋ばかりだし」

鍵が回った。

璃乃がピックセットを回収して室内へ侵入する。誠もその後を追った。誠の家とはだいぶ内装が異なっている。古いアナログの壁掛け時計や、青色のトースターが置かれているが、そこに生活の匂いはない。レトロを売り文句にした、家電家具をセットにした分譲販売——ここもまた、空き部屋なのだ。それでも誠は心臓の高鳴りを抑えられない。まるで他人の生活を覗き見しているかのように。

璃乃が振り向いた。

「うまくいくかな？」

「さあね」と誠は応じる。「でも、失敗したところで人が死ぬわけでもない」

「テロみたいだね」

「うん」

——二人の作戦は、屋上のDX9たちを狂わせ、まとめて捕らえてしまうことだった。なるべくなら、乱暴に壊すようなことはしたくない。大量の機体を、一体一体ハッキングするのも手間だ。だから、目標はDX9本体ではない。

狙うのは、彼女らが屋上へ戻る際に使うエレベーターの側。

DX9の群れを、屋上階ではなく途中階で降ろしてしまおうというのだ。そのために、まず操作ボタンの配列やLEDの階数表示を一時的に入替（スワップ）させる。

棟の構造はどの階も変わらない。DX9は屋上に出るつもりで、途中階の空き部屋へ誘導されることになる。小学生のころ、自宅に戻ったつもりで屋上へ出た誠のように。

すべての機体が収容されたところで、璃乃が外から鍵をかける。

内側から開けられないよう、室内側の鍵のレバーは、いまこの場で外しておく。

DX9の循環は単純なものだ。まず、屋上で待機する。落下ののち、自力でエレベーターに乗って屋上へ戻る。そのためのプログラムは、一人の主婦が片手間に書いたものだ。片手間のプログラムには柔軟な判定も複雑な条件づけもない。ただ、限られた環境で動くことを想定している。

だからそれは、フレーム問題に対する脆弱性（ヴァルネラビリティ）を持つ。

屋上に出たつもりが室内であれば、彼女らはその先の判断を下すことができない。こうして機体をいっとき機能不全にし、その間に住民たちが目を覚ますことに期待する。

詳細を詰めたのは璃乃だが、大枠を考えたのは誠だ。

兄の隆一ならどうするか、それを想像してみた結果だった。

「いいんじゃない？」

そう言って、璃乃はまだ部屋を見回している誠の手をつかんだ。

「どこで待つ？」

「そうだな……」

結局、二人は屋上で待機することにした。

日はすでに暮れ、周囲の棟の生活の灯りがぼんやりとDX9の群れを照らしていた。冷気が肌を刺した。子供の声が聞こえる。向かいの棟の老人が、取りこみ忘れた布団を回収するのが見えた。

星は見えない。

かわりに、地平のきわまで夜景がつづく。まるで光の絨毯だが、それでいて殺風景にも見える。

「どうして」と、考えがそのまま口に出た。

「え？」

「なんで、団地はこんな墓石みたいなデザインなんだろう？」

「団地が直線ばっかりなのはね」と璃乃が遠くの棟へ目を向けた。「自然に抗おうとする近代主義（モダニズム）の表れ。たとえこの街に、抗うべき自然自体がどこにもないとしても」

モダニズムって？　と誠は訊ねようとして思いとどまる。璃乃をがっかりさせたくないと思ったからだった。

正直なところ、なぜ璃乃が一緒にいてくれるのかもわからないのだ。

「でも」と璃乃がつづけた。「近代建築には、なぜか死や廃墟のイメージがつきまとう」

「廃墟？」

「たとえば、アメリカのセントルイスに建てられたプルーイット・アイゴー団地。これは団地自体がスラム化して、犯罪の温床になり、放火されたあげく、爆破解体された」

アメリカの住宅計画史上、最大の過ちと言われる事件だと璃乃は言う。

破壊、大衆の暴力、そして瓦礫——夢の都市計画であったはずのプルーイット・アイゴーは、逆に爆破解体のイメージとともに記憶されることとなる。

「設計したのは、日系人建築家のミノル・ヤマサキ。同時多発テロ事件の、ツインタワーの設計者でもある」

当初、ツインタワーはつまらない建物だとして建築家たちからは無視された。

そしてその後、廃墟の姿として鮮明に記憶されることとなる。

「瓦礫のイメージは、ときに、近代建築が最初から内包している何かなのだとさえ言われる。少なくとも、そこには、瓦礫や犯罪で塗り替えたいと人に思わせるものがあった」

――待機していたＤＸ９たちが動き出した。

大人たちは、まだ催眠に入ったばかりだ。念のため、二人はＤＸ９の視界を外れた位置に立った。先頭の機体が金網に取りつき、よじ登りはじめる。

「ツインタワーの崩壊後には、跡地に二本の光の柱を立てる〈光のトリビュート〉が企画された。これは、ナチのニュルンベルク党大会での〈光のカテドラル〉と皮肉なくらい似ている」

ふたたび、璃乃が誠の手を握った。

一体のＤＸ９が屋上の淵から飛んだ。

まるで、都市伝説のレミングの集団自殺のように。けれど、その先に待つものは死ではない。ただ、未来のないルーティン・ワークのみがある。

「プルーイット・アイゴーを、ツインタワーを、わたしたちは瓦礫のイメージとともに記憶する。まるで、最初からそうであったみたいに。瓦礫こそが、本来のあるべき姿であったかのように」

ＤＸ９は物言わず順繰りに飛び降りていく。明るい墓石の底、平坦な深淵に向けて。このまま屋上に戻ってこなければ、作戦は成功だ。

璃乃は目を細めてその様子を見守っている。

最後の一体が落ちたところで、璃乃は「でもね」と誠を見た。

「ときどき、わたしはこんなことを思うの。もしかしたら、廃墟化しない近代建築がありえたのではないか。わたしたちは、廃墟へと分岐する必要はなかったのではないかって」

応えられるはずもなく、誠はただ璃乃の手を握り返した。

目の前の空間を見た。何もなくなった屋上を。あるいは、虚無が別の虚無に塗り替えられた屋上を。ビル風が渦流を作り、一枚の枯葉を吹き上げた。五分が過ぎ、十分が過ぎた。

――DX9は上がってこなかった。

「うまく行ったかな」と、つぶやきが漏れる。

「たぶんね」

璃乃はそう言うと誠の手を引いた。

「これから、彼女らを定式(アルゴリズム)のガス室へ閉じこめないと」

不穏な比喩にどきりとして、誠はまた何も応えられない。

行こうよ、と璃乃が手を離して前を歩きはじめた。

「わたしたちはフレーム問題に陥らない。なぜなら、機械ほど頭がよくないから」

目の前の背中を追いながら、これで終わったのだろうかと逆に不安になる。けれど、作戦は成功したのだ。現実は、ときに嫌というほど簡単だ。

翌日から、璃乃は学校へ来なくなった。

4

誠たちの行動は、成功であると同時に失敗だった。

翌日も、その翌日も、璃乃が姿を見せることはなかった。教室には顔を出さず、メッセージを送っても返信がない。毎夕、誠はがらんとした集会所で璃乃が訪れるのを待った。

璃乃のいない集会所の十二畳は驚くほど広く、そして古びて見えた。

じっとマットレスに坐っていると、言いようのない虚無感が襲ってきた。ウェブの動画が見られるというブラウン管を点けてみるが、ちっとも面白くなかった。一度、ラブホテル代わりに集会所を訪れた先輩二人に叩き出された。

幾度も、誠は璃乃の部屋を訪れようとしては思いとどまった。彼女が帰ることを拒んだ家。その内側を、璃乃は誰にも見られたくないはずだった。

一週間が過ぎた。春が近づき、木々は色づきはじめていた。

集会所の窓にノックの音がした。

待ちきれず、その場で窓を開けた。璃乃の目は泣き腫れ、手足には青痣があった。

それを見てようやく、誠は何が起きていたのかを悟った。

「父さんが正しかったみたい」

璃乃が言うには、ＤＸ９を止めて以来、母親の遥空は前にも増して不安定になり、暴れたり、物を壊したりするようになった。時間が経てば元に戻るのではないかと璃乃は期待した。育児放棄をしてクラブ通いをする、それでも璃乃からすれば優しかった元の母親に。

遥空は璃乃に暴力を振るうようになった。

これで彼女も、このままでは事態は加速するのみだと悟った。歯止めは失われたのだ。

「いきなり変えようとしても、うまくいかない」

だから——と、璃乃が小さな声でつづけた。

「もっと、ちゃんと母さんに目を向けてみようと……」

いつものように、誠は璃乃に触れようとした。

が、その手を途中でひっこめる。璃乃が望んでいないことがわかったからだった。なぜだろうか、人の心はわからないのに、こういうことばかりは直感してしまう。

結局、二人はＤＸ９を元通り循環させることにした。

機体を閉じこめた部屋の玄関には、誰かが無理にドアをこじ開けようとした形跡が残されていた。

一度、誠は様子を見るため、催眠状態に入らずヘッドセットをかぶってみた。大人たちは変わらずそこにいた。無数の外国語の叫びやざわめきは、前よりも空虚に聞こえた。

璃乃はふたたび学校へ姿を現すようになった。

彼女の身体に痣を見ることはなくなった。同時に、別人に変わってもいた。話しかけても上の空で、目はぼんやりと宙空を泳いでいる。よかったはずの成績も、見る間に落ちていった。

不審に思った誠は、例のアプリのシステムログを覗いてみた。そこには璃乃のアカウントがあった。理由は明らかだった。母親と一緒に、あのシステムに接続しているのだ。

母親の無意識との対話。

それは、手段として正しいのかどうか。うまくいくかもしれないし、璃乃自身が依存症に呑まれるかもしれない。危険な賭けには違いない。いずれにせよ、璃乃本人が選択したことでもある。だからといって、簡単に納得できるものでもなかった。

誠は夜雨の前の屋上へ出向き、立ち並ぶ機体の一つに向けて叫んだ。

「目を向けるって」――声が掠れた。「そういうことじゃないだろ!」

DX9は何も応えず、表情を変えなかった。悲しんでいるようにも笑っているようにも見えた。鏡のようだと誠は思った。見る側が空っぽであれば、それは何も映さない。どうあれ、誠たちの試みはまるで見当外れで、決定的に視野を欠いていたということだった。

いや、一つだけよかったと言えそうなことがあった。

誠たちがDX9を止めたころ、レミジオが禹錫を死に追いやったことを気に病み、植えこみでDX9のシャワーを浴びて自死しようとしたのだ。けれど、いくら待っても機体が降ってこない。やがてレミジオは馬鹿なことをしていると気がつき、禹錫の母親のもとへ出向いて謝罪することにした。

誰かが一緒に行くと言い出し、結局、誠やほかのクラスメートも一緒に向かうことになった。学校は狭い寝床のようなものだ。寝返りを打つときは、全員一緒に。

むろん禹錫の母親はレミジオを許さなかった。それはそれでよかったはずだった。何事も、許されてしまえば救われない。

誠の家にも動きがあった。

いよいよ、兄の隆一が帰国してくる。しかし、母親はいま入院している。兄をどう迎えればよいのか、父も、妹も、誠も、まったく意見の一致を見ないのだった。

自室の四畳半で、誠は紙でできた本を開く。

外国の建築家の作品集だった。電子版がなく、図書館から紙の本を見つけ出すしかなかったのだ。そこに収められている、フリーダム・タワーが誠のお気に入りだった。かつてツインタワーの跡地に建てられたかもしれなかった、ロワーサイドの新たなビルだ。隆一が見たら、なんと言うだろうか。

CGで描かれたタワーは、空を反射して青く輝いている。

漠然と、誠は将来のことを考えはじめていた。

それは都市計画に関係する仕事に就くことだった。璃乃の家族の問題は、もちろん本人たちがもたらしたことだ。けれど同時に、この団地という空間がもたらしたものでもある。

机にはもう一冊の本がある。催眠依存からの回復過程を扱ったものだ。

こちらは気が滅入るので、表紙が目に入らないよう裏返してある。

――居間から父親の怒鳴り声が聞こえた。

隆一には敷居をまたがせないと父は言っている。妹は何も応えない。誠は作品集を閉じ、そっと襖を開けた。

声なく泣いている妹の髪を撫でると、妹はふと顔を上げ、

「お兄ちゃんって、行動だけはかっこいいよね」

と失礼なコメントをよこしてきた。

「うるさい」

璃乃と接していたときの癖だとは言えない。

「なんだ?」父が不機嫌そうに口を開く。

ゆっくりと、凍りついた居間を見回した。

自分のなかで何物かが変わりつつあるのを誠は感じていた。たとえば、興味の対象を掘り下げるということ。そして、諦めずに対話を試みること。そのどちらも、璃乃から学んだことだ。

そう思うことで、誠は自分を納得させようとする。

ざわついた雰囲気が電話越しに伝わってきた。

行き交う人々の足音や、英語のアナウンスが聞こえてくる。それは空港からの連絡だった。相手が言うには、電車で帰ろうと思ったがバスのほうが安いとわかった。けれども、待ち時間が長いので、話でもして時間をつぶしたい。

まるで昨日会ったばかりの友達みたいな口調だった。

「あの子、璃乃ちゃんは元気？」

いきなり、触れられたくない話題が出てくる。

「ふられたみたい」

「そうか」

何を言われるかと思ったら、ずいぶんと味も素っ気もない返答だ。

「あのさ」

「なんだ？」

「残念だったねとか、そういうことを言ってよ」

「残念だったな。と、親父は相変わらずか？」

それから家族の話題になる。父親が以前より丸くなってきたこと。このごろ妹が隆一の話ばかりしていて腹が立つこと。だがこうなると、母親の話題が避けられない。

帰宅の前に、喫茶店ででも会えないかと誠は打診した。

察するところがったのか、わかった、と隆一は神妙に応えた。

「日本はどうよ」と、声のトーンを上げてくる。

「どうもこうもないよ。日本以外なんて知らないし」

「なんかないの。突然はじまった変なお祭とか」

DX9の落下が思い浮かぶ。でもたぶん、隆一が訊いているのはそういうことではない。

「そうだ。テレジンって行ったことある？」

「あんまり面白い街だとは感じなかった」

「え。そうなの」

「どうした？　おまえの口から、そんな地名が出てくるなんて」

団地と重ね合わせて考えたことを言おうかと思った。

けれど、各地を渡り歩いた兄のことだ。比較にならないと一蹴されるのは目に見えている。テレジンには、一万五千の子供が収容されたとされる。そして生き残ったのは、わずかに百人だ。

結局、誠は一連の事件のことを隆一に話した。

DX9と聞いて隆一は声をこわばらせたが、最後まで聞いたところで、「悪くないんじゃないか」と感想を漏らした。

「DXを閉じこめる発想は悪くない」

「どうして?」

「俺なら、ウィルスを流して住人の無意識のほうを改変しようと考える。そして、どこへ行っても、そういうことを考えるやつが多すぎるんだ。だから、おまえたちは大丈夫さ」

会話が途切れた。

こういうとき英語では天使が通ったと言うんだ、と隆一が豆知識を披露する。

「そっちも外だよな」と、兄は懐かしそうな声になった。「どこ歩いてる? 三丁目?」

——歩きながら話していたので、場所がわからない。

誠は顔を上げた。逆光のなかを鳥が舞い、大通りの緑地帯の奥へ消えていった。風は涼しく、林檎の木が白い花を咲かせていた。夕暮れどきの粗大ゴミ置き場だった。小学生のころ、ここで縄文土器が掘り出せるという噂が立ったことがある。いま、鍵は壊れ、かわりに当座凌ぎの南京錠がかけられている。

兄を迎える前にやることがあった。

誠はディスカウント・ショップで灰色のスプレーを買い、日が暮れるのを待って四号棟のシャッター街へ向かった。あのとき描いた落書き(タグ)を消すためだった。別に落書きくらいかまわないとは思う。けれど誠としては、何か始末をつけずにはいられない。

　事件のことを話したせいだろうか。

　璃乃に対しては、不思議と落ち着いた感情が芽生えつつあった。どうあれ璃乃は誠を変えた。それならば、母親のことも変えてみせるのかもしれない。

　近づくにつれ、DX9の歌が聞こえてきた。

　架空の薬局へ人を誘う、架空の人間の声。それは歌であり、歌ではない。DX9は歌の不在を歌う。一度も歌われなかった歌を歌う。

　合わせて、誠も同じ旋律を口ずさんだ。

　テレジンでは赤十字の視察を騙すため、収容所の子供による合唱団が使われたという。同時に、子供たちはナチスに隠れて雑誌を出版したりもした。大人が思うより、子供はしたたかなのだ。

　シャッターの前で、誠は足を止める。

　そこには、思いもしなかった景色が開けていた。

　一つだけだったはずの青いクローバーは増やされ、列をなし、その横には別の木が描かれていた。木は密林となり、密林は無数の果物や昆虫や猛獣を懐に抱いている。作者もタッチも異なる壁画が、天と地に挟まれ四号棟の麓を覆いつくしていた。――描いたのは隣の席の同級生かもしれないし、あるいは教壇の教師かもしれない。

なんてことのない、飼い慣らされた誰かの抵抗。

それらの絵はもちろん、発端である自分のクローバーも誠は消せなかった。一本のクローバーをきっかけに広がった匿名の壁画は、ここに住む人々の営みにほかならないように思えた。

傍らでDX9は歌いつづける。

まるで、愛する人を待っているかのように。

主要参考文献

『戦争と建築』五十嵐太郎、晶文社（2003）／『現代建築・テロ以前／以後』飯島洋一、青土社（2002）／CHILDREN ON DEATH ROW, HOLOCAUST AND BEYOND, 7th Edition, Tommy Lustig, Amazon Digital Services, 2012／The Music Man of Terezin: The Story of Rafael Schaechter, Susie Davidson with Edgar Krasa, Ibbetson Street Press, 2012／『テレジンの子どもたちから――ナチスに隠れて出された雑誌「VEDEM」より』林幸子編著、新評論（2000）／『わたしはスター――テレジンからの生還者』インゲ・アウワーバッハー著、渡会和子訳、ほるぷ出版（1992）／『団地の空間政治学』原武史、NHKブックス（2012）／『団地の時代』原武史、重松清、新潮選書（2010）／『団地が死んでいく』大山眞人、平凡社新書（2008）／『板橋区の歴史』萩原龍夫、伊藤専成文、東京にふる里をつくる会編、名著出版（1979）／『日本・現代・美術』椹木野衣、新潮社（1998）

解　説

翻訳家・書評家
大森　望

私の仕事は国境を越えることだ。検問所と検問所の間の細長い無人地帯は、私の目にはいつも、新しい生活と新しい匂い、新しい感情の可能性に満ちみちた約束の地のように映る。

——J・G・バラード『コカイン・ナイト』（山田和子訳／新潮社）より

本書『ヨハネスブルグの天使たち』は、宮内悠介にとって二冊目の著書にあたる。二〇一二年から翌年にかけて〈SFマガジン〉に発表された短篇四篇に書き下ろし一篇を加え、加筆訂正を経て、一三年五月に《ハヤカワSFシリーズ　Jコレクション》から刊行された。

巻頭の表題作があまりにも鮮烈だ。時は近未来。舞台は南アフリカの北東部に位置する同国最大の都市、ヨハネスブルグ。その中心部にそそり立つ地上五十四階の超高層マンション、マディバ・タワーを日本企業が買い取り、少女型のホビーロボット、DX9の落下耐久試験に使っていたが、紛争勃発に伴い、社員全員が国外に退去。残された二七〇〇体のロボットは、いまも毎日、円筒形のビルの屋上から、一七三メートル下にある中庭に向かって、中央の吹き抜けを落下しつづけている（住人たちはそれを〝夕立〟と呼ぶ）。

　マディバ・タワーのモデルは、ニール・ブロムカンプ監督の映画「チャッピー」にも登場した実在の円筒ビル、ポンテ・タワーことポンテ・シティ・アパートメント。一九七五年に建設され、白人富裕層の夢の象徴とも言われたが、治安の悪化とともにスラム化した。屋上には、南アフリカ最大の携帯電話会社ボーダコムの巨大な看板がある。

　このマディバ・タワーのように、世界各地（主に紛争やテロの現場）にある実在のさまざまな建築をモデルにした建物から（またはその周辺に）、日本製のロボットが落下しつづけるというのが、この連作の共通項。ニューヨークの世界貿易センタービル、アフガニスタン東部の都市ジャララバードの沈黙の塔（ゾロアスター教の鳥葬用施設）、イエメンのハドラマウト地方にある都市シバームの旧市街（世界遺産に登録されている）にマンハッタンの摩天楼のごとくそそり立つ泥煉瓦の高層建築、そして、日本の高度経済成長期に建設された北東京の団地（著者自身が生まれ育った高島平団地がモデルらしい）。これらの建築とその背後にある紛争を、日本製のロボットがつないでゆく。こんな趣向の連作は前代未聞だろう。

ＤＸ９の主な用途は歌を歌わせることなので、ロボットでありながら楽器扱いで流通している。ヤマハが開発した音声合成システム「ボーカロイド」に対応したボーカル音源の美少女キャラクター、初音ミクに専用の筐体を与えたようなものですか。ＤＸ９のネーミングは、当然、ヤマハ製の同名のシンセサイザーが下敷きだろう（初音ミクの左腕に埋め込まれているのがＹＡＭＡＨＡ　ＤＸ７で、ＤＸ９はその廉価版）。著者自身、初音ミクを使って（いわゆるボカロＰとして）曲を作っているという。もっとも、野尻抱介の初音ミクＳＦ『南極点のピアピア動画』（ハヤカワ文庫ＪＡ）とは対照的に、ミク的なキャラクター性は徹底して剝ぎとられ、具体的な身体描写さえほとんどない。ボカロのコンテキストを共有しない外国の読者や百年後の読者にも読まれるようにという意図だとか。気になる読者のために付言すると、本書に出てくるＤＸ９は、初音ミクの公式設定（身長一五八センチ、体重四二キロ）よりはやや小さめらしい（〈ＳＦマガジン〉二〇一三年八月号「『ヨハネスブルグの天使たち』刊行記念トークイベント採録　建築と廃墟のある風景に惹かれて」参照）。

量産品の楽器にしては明らかにオーバースペックな商品で、そのため、ＤＸ９は世界各地で思いがけない用途に供されることになる。ウィリアム・ギブスンが「クローム襲撃」で書いたとおり、「街場(ストリート)はなんにでもべつの使い途を見つける」（the street finds its own uses for things）というわけだ。

ちなみに宮内悠介は、「（池田晶子記念）わたくし、つまりNobody賞」の受賞記念講演で、ギブスンの〝街場〟を「どこでもない場所」と定義し、そこに中上健次の路地を重ねて「路地はどこにでもある。俺はどこにもいない」という中上の言葉を引用したのち、その〝nowhere〟に、伊藤計劃「From the Nothing, With Love」の〝nothing〟をさらに重ねて、〝小説の語られうる場所とはどこか〟を考察しているが、それはまた別の話。「街場ではなく、路地でもなく」のタイトルで〈ミステリーズ！〉58号に採録されているので、興味のある方はそちらをどうぞ。

落下を垂直方向の衝突と見なせば、本書は、テクノロジーの廃墟を舞台に、初音ミクを使って『クラッシュ』をくりかえす、バラード的な連作だと言えなくもない。しかし、それと同時に、宮内悠介は、伊藤計劃と同じく、いまの世界が抱える問題を近未来に投影し、紛争の現場に分け入って、〝現在〟を焙り出す。本書によって、著者は、現代SFの最前線でパオロ・バチガルピやテッド・チャンと肩を並べる存在となったのである。

さて、このあたりで、著者の経歴を簡単に紹介しておこう。宮内悠介は、一九七九年、東京生まれ。小学校に入る前から十二歳までニューヨークで過ごし（マンハッタンの小学校に通っていたとか）、九二年に帰国。早稲田大学第一文学部英文科卒業。在学中はワセダミステリクラブ（WMC）に所属。卒業後は早稲田のゲームセンターでアルバイトして旅行資金を貯め、インド、バングラデシュ、パキスタン、アフガニスタンなどを放浪する（この経歴の一部は、本書に登場するルイこと隆一と重なる。ルイは、ありうべきもうひとりの宮内悠介かもしれない）。帰国後、日本プロ麻雀協会のプロテストを受け、補欠合格するも、プロ雀士にはなれず、かわりにソフトハウスに入社してプログラマになり、主にカーナビ関連の開発に二年ほど従事。退社して中東を放浪したのち、〝ガレージ的な会社〟に再就職し、楽器などをつくっていたという（Webメディア〈マトグロッソ〉掲載の、藤井太洋、大森望との鼎談「作家になったエンジニア」より）。

そのかたわら、WMCのOBによる創作同人誌〈清龍〉に参加し、新人賞への応募をつづける。このころ書いていたのはもっぱらミステリだった。第34回日本SF大賞特別賞「受賞の言葉」によれば、〝小説は高校のころから書きはじめた。ワセダミステリクラブの出身で、これまで書いたものにはミステリが多い。新人賞への応募歴は十年ほどになる。十年も投稿をつづけると病んでくるもので、小説などくだらないと思いはじめていた。会社から帰って朝四時まで書くことを繰り返していたら、身体も壊した〟という。

そんなとき、WMCで同期の書評家・酒井貞道に薦められて《年刊日本SF傑作選》や《NOVA》を読み、SFの面白さに目覚め、〝この世界に自分をぶつけてみたい〟〝初心に戻り、もう一度すべてを賭けてみよう〟と思い立つ。『超弦領域　年刊日本SF傑作選』の巻末広告で創元SF短編賞の創設を知り、二〇一〇年、囲碁を題材にした野心作「盤上の夜」を第一回同賞に応募。正賞は逃したものの、選考委員特別賞にあたる山田正紀賞を受賞。加筆訂正を経て、同年末に出た『原色の想像力 創元SF短編賞アンソロジー』に「盤上の夜」が収録され、作家デビューを飾る。この賞の選考委員だった大森は、「盤上の夜」にA評価をつけたが、SF色よりも竹本健治（とりわけ、囲碁漫画『入神』）へのオマージュ色が強い気がして、正賞には推しきれなかった。つまりこの時点では、作家的実力は確かだが、SF作家としての資質は未知数と判断したのである。

その宮内悠介がSFに開眼した（私見）作品が、翌年八月に出た『NOVA5』収録の「スペース金融道」。パロディっぽいタイトルと設定（〝二番街〟と呼ばれる人類最古の入植惑星で債権回収の仕事に追われる〝ぼく〟が語り手）にもかかわらず、冴えたアイデアをフィーチャーするど真ん中の本格SFだった。初めて読んだとき、いつの間にこんなにSFが書けるようになったのかと驚いたが、SFマガジン初登場の「ヨハネスブルグの天使たち」（二〇一二年二月号掲載）ではさらにチューンナップされ、〝伊藤計劃以後〟の日本SFの最先端に躍り出た。

そして二〇一二年三月、既発表の四篇に「千年の虚空」「原爆の局」の書き下ろし二篇を加えて、デビュー単行本『盤上の夜』が《創元日本SF叢書》から刊行。SF読者の絶賛を浴びただけでなく、SFのデビュー作としては、広瀬正『マイナス・ゼロ』以来四十一年ぶりに直木賞候補に選出された。受賞には至らなかったが、選考委員にはおおむね好意的に受けとめられたようだ。さらに、同年十二月には、月村了衛『機龍警察 自爆条項』とともに日本SF大賞を受賞（伊藤計劃＋円城塔『屍者の帝国』が特別賞）。翌春には、『盤上の夜』の〝思索的冒険〟が認められ、〝考える日本語の美しさ、その表現者としての姿勢と可能性を顕彰し、応援してゆこうとする〟「（池田晶子記念）わたくし、つまりNobody賞」を受賞している。

この連作は、ジャーナリストの〝わたし〟が書いた、盤上遊戯にまつわるノンフィクション六篇を一冊にまとめた本という体裁で、ウソみたいな史実が虚構と併置されているのが特徴。たとえば「人間の王」は、四十二年にわたり無敗を誇った実在の天才チェッカー・プレイヤー、ティンズリーの話だし、巻末の「原爆の局」は、一九四五年八月六日に広島市郊外で（現実に）行われた囲碁の第三期本因坊戦第二局が題材。原爆の爆風に碁石が吹き飛ばされ、対局は一時中断したが、何事もなかったように再開されたという。

こうした史実を作中に取り込む手法は本書にも共通する。もっともアクロバティックなのは、9・11に取材した「ロワーサイドの幽霊たち」だろう。DX9を使った、だれがどう考えてもぜったいにありえないプロジェクトを小説として成立させるため、9・11をめぐるウソみたいな事実の断片が大量に引用される。この短篇の至上命題は「倒壊するツインタワーからDX9を落下させること」だし、表題作の至上命題は「ポンテ・タワーの屋上からDX9を落下させること」。この〝夢〟を実現するためにすべてが準備され、そのために必要なら、SF的な整合性はあっさり切り捨てられる。

逆説的な言い方になるが、最後のところで論理よりも美を優先するこの反SF的な作風が、SF作家・宮内悠介の最大の武器かもしれない。

その『ヨハネスブルグの天使たち』は、前述のとおり、二〇一三年五月に刊行。『盤上の夜』につづいて日本SF大賞の候補となり、同賞特別賞を受賞（大森望責任編集《NOVA》全十巻と同時受賞。大賞は西島伝法『皆勤の徒』）。二年連続の日本SF大賞受賞は、史上初の快挙だった。さらに、その授賞に先立ち、これまた『盤上の夜』につづいて第149回直木賞の候補となり（早川書房のSF叢書から直木賞候補作が出るのは《ハヤカワ・SF・シリーズ》の筒井康隆『ベトナム観光公社』以来、四十五年ぶり）、こんなにとんがったSFが直木賞の場で理解されるわけがないという大方のSFファンの（というか大森の）予想に反して、一部の選考委員から強く支持された。〈オール讀物〉二〇一三年九月号掲載の選評によれば、伊集院静は〝小説の可能性という点で強く推した〟と述べ、桐野夏生は、〝世界の移り変わりを「今」見ている者として、「今」この世に生きている者として、この作品は一番難しい仕事に挑戦している〟と賞賛。中でも選評の半分以上を費やし、一ページを超える熱いエールを送ったのが宮部みゆき。

〝南アフリカのスラムから始まり、北東京のゴーストタウンに至る試練の旅の終わりに、つぶれた薬局の前で歌いつづける少女型ロボットがいる。人間が神に問いかけるように、DX9が人間に、「かほどの試練を与えるならば、なぜ我らを創り賜うたか」と問いかけてきても何の不思議もありません。／その問いへの答えを、私は見出せませんでした。この作品は、答えを求めて読むものではない。「われわれは何者で、どこへ行こうとしているのか」を考えるためにあるのです。〟

直木賞の場で本書が評価されたことは、先鋭的な現代SFの見かけにもかかわらず、本書がSFの外にも〝届く〟ことを示している。認識を改める必要があるのは、その可能性を見抜けなかった僕のほうだろう。二〇一〇年代、日本SFをめぐる状況は大きく動きつつある。その先頭に立つひとりが宮内悠介であることはまちがいない。そして本書は、その出発点にいつまでも長くそそり立つ記念碑なのである。

本書は、二〇一三年五月に早川書房より単行本として刊行された作品を文庫化したものです。

著者略歴　1979年生，作家　早稲田大学第一文学部英文科卒　著書『盤上の夜』『エクソダス症候群』他

HM=Hayakawa Mystery
SF=Science Fiction
JA=Japanese Author
NV=Novel
NF=Nonfiction
FT=Fantasy

ヨハネスブルグの天使たち

〈JA1200〉

二〇一五年八月　二十日　印刷
二〇一五年八月二十五日　発行
（定価はカバーに表示してあります）

著者　宮内悠介
発行者　早川浩
印刷者　西村文孝
発行所　株式会社早川書房
郵便番号　一〇一‐〇〇四六
東京都千代田区神田多町二ノ二
電話　〇三‐三二五二‐三一一一（大代表）
振替　〇〇一六〇‐三‐四七七九九
http://www.hayakawa-online.co.jp

乱丁・落丁本は小社制作部宛お送り下さい。
送料小社負担にてお取りかえいたします。

印刷・精文堂印刷株式会社　製本・株式会社フォーネット社

ISBN978-4-15-031200-8 C0193

本書は活字が大きく読みやすい〈トールサイズ〉です。